Un trône pour Samia

SUSAN STEPHENS

Un trône pour Samia

Traduction française de
BARNABÉ D'ALBES

AZUR
HARLEQUIN

Collection : Azur

Titre original :
A BRIDE FIT FOR A PRINCE ?

HARPERCOLLINS FRANCE
83-85, boulevard Vincent-Auriol, 75646 PARIS CEDEX 13
Service Lectrices — Tél. : 01 45 82 47 47

www.harlequin.fr

ISBN 978-2-2804-4723-2 — ISSN 0993-4448

1.

Naturellement, l'immense terrasse était noire de monde. Luca préféra se diriger à l'intérieur de la brasserie, même si la plupart des tables étaient elles aussi occupées. Il venait tout juste d'atteindre le bar, zone toujours désertée dans l'après-midi, quand une jeune femme surgit face à lui… Ou plutôt, le heurta de plein fouet.

— Oh ! Pardon ! Pardon ! s'exclama-t-elle en reculant avec vivacité, et en levant vers lui un visage consterné.

Il haussa les sourcils. Elle portait un énorme sac à dos, style campeur, et elle s'était précipitée dans le luxueux restaurant non depuis la rue mais par la porte de service qu'il apercevait, au fond, grande ouverte, un chariot rempli de bouteilles entreposé devant.

— Aucune raison de vous confondre en excuses, répondit-il en scannant le visage inconnu de son œil expert.

De grands yeux intelligents, un petit menton fier, la peau hâlée par la poussière des voyages. Une figure intéressante, qui ne manquait pas de caractère et, à vrai dire, de séduction non plus. Il sentait encore l'empreinte de ses courbes sur son torse lorsqu'il arrima au sien le regard d'un vert émeraude si pur et si clair… aussi simple qu'une belle journée d'été – ce qu'*aurait dû* être cette journée si la vie elle-même était simple. Mais non. N'en faisait-il pas l'amère expérience ?

— Je meurs de soif, il me faut absolument un verre d'eau, annonça-t-elle.

Elle reporta aussitôt son attention sur lui et s'enquit :

— On se connaît ?

— Non, je ne crois pas.

— Vous en êtes certain ?

Il passa une main distraite sur sa barbe de vingt-quatre heures et confirma :

— Ma foi, oui.

Elle continuait à le fixer, comme si son visage lui rappelait quelqu'un *à coup sûr*, et que son cerveau refusait de lui livrer l'information manquante.

Il profita de sa concentration pour se laisser griser par son parfum fleuri et admirer sa bouche, aussi pulpeuse et attirante qu'une belle fraise à peine cueillie. Il imaginait son goût sucré, le fondant de sa chair et les…

— J'en mettrais pourtant ma main au feu, je vous ai déjà vu quelque part, insista-t-elle. C'est juste que je n'arrive pas à me rappeler où, mais ça va me revenir, vous verrez. Il suffit que j'additionne les petits détails. Par exemple, vous jurez autant que moi avec ce décor, mais vous, vous avez l'air tout à fait détendu !

Il ne put réprimer une moue amusée.

— Bravo, Sherlock. Autre chose ?

— Oui. J'en déduis que vous êtes bien plus habitué que moi à fréquenter les restaurants chics.

Elle se retourna vers la salle. Sol mosaïqué, typique de ces établissements ; plafonds aux moulures patinées avec raffinement par un artiste varois. Sous les superbes appliques en verre soufflé, les clients assis sur des banquettes Art déco dégustaient de petits chefs-d'œuvre de la bistronomie provençale. Certains déjeunaient tard, d'autres s'offraient un goûter dans les règles de l'art, ou un cocktail accompagné de mignardises.

— Ce n'est pas possible, murmura-t-elle. Il existe

donc des gens qui boivent un magnum de champagne au beau milieu de l'après-midi ?

— Apparemment, oui.

Elle avait de toutes petites taches de rousseur sur le nez, observa-t-il tandis qu'elle riait sous cape. Et une peau diaphane. Le haut de son corps était caché sous une veste légère et un T-shirt blanc – trop ample à son goût. En revanche, ses jambes interminables, impeccablement fuselées, étaient révélées par son short marin en coton. Ses bottes en cuir, antédiluviennes, informes, étaient probablement ce qu'il avait vu de plus triste en matière de chaussure féminine.

Quel drôle d'oiseau. Sans doute avait-elle cru pénétrer dans un petit café sans prétention, en passant par l'arrière. Or au sein de cette enseigne cossue de Babylone, on discutait œnologie et grands crus classés d'un ton religieux, comme s'il s'agissait de la réponse à tous les maux de l'humanité, pendant qu'une armée de serveurs en livrée avait pour mission de satisfaire la clientèle la plus difficile, prête à payer n'importe quel prix à condition d'être comblée. Oui, ils se trouvaient dans le temple des excès, sur le port probablement le plus chic du monde. Les gens qui fréquentaient le lieu appartenaient aux classes les plus privilégiées : millionnaires, patrons de grandes entreprises, jet-set et show-business.

— Il me faut de l'eau et un travail, et dans cet ordre, reprit-elle en se tournant vers lui, comme s'il détenait la solution.

Luca la considéra avec perplexité.

— Vous ne sauriez pas où je pourrais en trouver, par hasard ? interrogea-t-elle.

Décidément, cette petite frimousse respirait l'intelligence ! Ses yeux sublimes invitaient au tête-à-tête dans l'intimité, sa bouche appelait les baisers.

— Je pourrais peut-être décrocher un petit job à bord

d'un paquebot de croisière en partance pour un tour du bassin méditerranéen. Un de ces horribles buildings flottants, vous savez ?

Elle observa un bref silence, mais comme il ne répondait pas, elle enchaîna :

— J'ai épuisé mes fonds. Mon voyage se prolonge plus longtemps que prévu. Il y a tellement de choses à voir, et c'est si difficile de tout caser dans le temps imparti !

— Vous avez une date de retour butoir ?

— Non, pas exactement, dit-elle, mais il va bien falloir que je me remette au travail. Comme tout le monde, n'est-ce pas ? Je ne peux pas passer ma vie par monts et par vaux… Même si je dois avouer que ça me plairait beaucoup.

Une sorte de tristesse voila ses yeux, et elle ajouta :

— À un moment donné, on entend le sifflet, c'est la fin de la récréation. Fini les périples et l'exotisme, la machine exige d'être remise en marche.

— *La machine* ? répéta-t-il, dubitatif.

— Oui, enfin, vous voyez ce que je veux dire, éluda-t-elle avec un geste évasif de la main.

— Je n'en suis pas sûr, non. Vous venez de loin ?

— De Londres, à l'origine, admit-elle.

— Ah. C'est là que vous vivez et que vous travaillez ?

Sans répondre, elle se tourna vers le port et lâcha :

— J'adore le sud de la France, pas vous ?

Il nota au passage qu'elle n'était pas très douée pour changer de sujet.

— La Côte d'Azur fait partie des nombreux endroits où j'apprécie de séjourner, acquiesça-t-il.

Cette réponse la fit bondir.

— Quoi ? Où vous *appréciez d'y séjourner* ? *Apprécier* ? Un endroit aussi somptueux, aussi magique ? Vous n'avez donc pas l'impression d'être galvanisé, ici, comme si vous étiez deux fois plus vivant que d'habitude ?

Médusé, il regarda le visage de la jeune femme irradier d'enthousiasme, de ferveur.

— La musique, la cuisine, le soleil ? Le ciel et son bleu outremer, la façon dont les gens parlent fort au lieu de murmurer, parce qu'ils sont détendus ? Leur joyeuse insouciance, leur confiance dans la vie, loin des villes qu'on arpente en imperméable, frissonnant sous une averse froide…

— D'accord, d'accord, coupa-t-il en riant, votre plaidoirie est très convaincante. Vous êtes avocate ?

— Non, mais j'ai souvent pensé qu'il me serait très utile d'avoir quelques connaissances en matière juridique, soupira-t-elle.

— Ah ? Pourquoi cela ?

— Oh ! Enfin, vous voyez ce que je veux dire.

Évasive, une nouvelle fois, elle haussa négligemment les épaules.

— Bon, alors si vous n'êtes pas avocate… Vous écrivez ? Vous ne manquez pas de talent pour les descriptions.

Elle s'esclaffa et détourna le regard. Même s'il brûlait de curiosité, il préféra revenir à ce qui semblait la préoccuper.

— Pourquoi ne pas offrir vos services ici ? suggéra-t-il. Ils cherchent peut-être quelqu'un. C'est la haute saison.

— Mais bien sûr, railla-t-elle. Comme s'ils allaient engager quelqu'un qui se présente dans ce genre de tenue !

Elle désigna sa veste fripée et ses bottes sales, se mit à rire et haussa les épaules.

— Impensable. De toute façon, j'aimerais partir assez loin… En haute mer, ce serait l'idéal.

— Tiens donc. Vous cherchez à fuir ?

— Qu'est-ce qui vous fait dire cela ? rétorqua-t-elle sur un ton défensif.

Ses joues avaient légèrement rosi.

— Je me contente de dérouler la pelote du fil que vous me tendez vous-même, expliqua-t-il.

— Ah... Alors je ne suis pas la seule détective, dans cette brasserie. Je devrais peut-être faire un peu plus attention à ce que je dis !

— Oui, ce serait plus sage, renchérit-il en lui renvoyant un regard complice.

Vive, jeune, séduisante et... pleine d'esprit. Le personnage idéal pour lui offrir une distraction bienvenue en cette journée pénible !

— Quant à vous, observa-t-elle en le détaillant de pied en cap, vous ne travaillez pas ici. Bermuda en jean, T-shirt à manches courtes : vous ne me donnez pas l'impression de vouloir postuler en tant que garçon.

— Moi ? s'esclaffa-t-il. Aucun risque, en effet. On ne me confierait même pas un remplacement à la plonge !

— Hum. Manutentionnaire, peut-être ? Vous êtes assez musclé pour charger et décharger ces énormes chariots, là-dehors.

Il lui décocha un coup d'œil carnassier.

— Vous m'embauchez ? s'enquit-il d'une voix sirupeuse.

— Dans vos rêves.

Il vit une adorable fossette apparaître au creux de sa joue, tandis qu'elle riait.

— Alors dites-moi, poursuivit-elle, comment se fait-il qu'on vous ait laissé entrer dans cette tenue ?

Il esquissa une moue dubitative.

— J'ai fait comme vous. J'ai poussé la porte. Il suffit d'entreprendre quelque chose avec confiance en soi, et personne ne vous arrête.

— Si vous êtes convaincu que la fortune sourit aux audacieux, vous allez m'aider à me trouver un petit job, n'est-ce pas ? répliqua-t-elle.

— Hélas, dans ce domaine, je crains fort de ne vous être d'aucun secours. Désolé.

D'un air réprobateur, elle le tança avec sévérité.

— Vous *craignez fort ? Vous ?* Non. Je ne vous connais que depuis cinq minutes, mais cela me suffit pour savoir que vous ne craignez rien ni personne.

Autrefois, du temps où le petit radeau qu'il s'était bâti flottait encore au fil de la vie, avant d'être démantelé par la tempête... il aurait partagé son avis. Mais maintenant que son existence était dispersée aux quatre vents, le jeu avait changé de nature.

— D'ailleurs, enchaîna-t-elle, vous êtes peut-être le genre de type que je n'aurais jamais dû aborder comme ça, de façon aussi imprudente...

— C'est pourtant ce que vous avez fait, observa-t-il, une note provocatrice dans la voix.

— De façon provisoire, nuança-t-elle. Dès que j'aurai pu avaler un grand verre d'eau, je déguerpirai d'ici. Ce qui n'est pas près d'arriver si le garçon ne me voit pas. Vous êtes grand. Je suis sûre qu'il pourrait vous repérer depuis le fond de la salle. Un geste de vous, et ce sera comme la mer Rouge qui s'ouvre... Alors que moi, même si je me mets à sautiller sur place, il ne parviendra jamais à me repérer.

— Vous me flattez.

— Vraiment ? susurra-t-elle en écarquillant les yeux d'un air faussement candide. Oh ! je vous assure que je ne l'ai pas fait exprès.

Il rit de plus belle et acquiesça :

— C'est entendu. Ne bougez pas, je reviens.

— Aucun risque. Je ne bougerai pas d'ici avant d'avoir eu mon verre d'eau, promit-elle.

D'un pas alerte, il se dirigea tout au fond de la salle, ce qui lui permit de contempler l'étrange inconnue de dos. Face à elle, il n'avait pas prêté attention à ses cheveux tirés en arrière. Maintenant, il restait admiratif en découvrant la teinte riche et cuivrée de son chignon souple, où une épaisse crinière de feu était retenue par des épingles. Il éprouvait une folle envie de sentir cette chevelure majestueuse cascader entre ses doigts, et de l'écarter pour déposer une myriade de baisers sur la nuque frêle et gracile qui le tentait…

Eh bien, quelle irruption inattendue ! Il avait suffi d'une brève et innocente conversation – engagée à bâtons rompus – pour que le charme opère. Sa curiosité était à son comble. Son désir aussi.

Fasciné, il lorgna encore ses longues jambes – qu'il était *tellement* facile d'imaginer, l'enserrant, dans un lit, lors d'une joute qui n'aurait plus rien de verbal…

De là où il se trouvait, il distinguait l'expression concentrée de la demoiselle qui, à l'évidence, cherchait encore à obtenir une réponse de son ordinateur mental. Vainement : les « petits détails » ne s'additionnaient pas aussi aisément qu'elle l'aurait voulu. La frustration que révélait son froncement de sourcils l'amusa. Elle n'était pas maquillée, et elle avait un teint radieux, un regard captivant, une bouche à damner un saint. Sa beauté naturelle le subjuguait sans doute, mais ce qui lui plaisait par-dessus tout, chez elle, c'était sa forte personnalité. Dans le monde de courtisans et d'hypocrites auquel se réduirait bientôt son entourage, il souffrirait de l'absence d'esprits indépendants et espiègles comme celui de cette femme. Aussi, tant qu'il en avait l'occasion, il voulait profiter de cette bouffée d'oxygène.

Car elle n'avait peut-être pas besoin de rentrer chez elle à une date butoir, mais lui, si. Hélas ! D'ici quelques jours, il prendrait le chemin de la principauté de Madlena pour occuper le trône, vacant depuis la mort de son frère. Une responsabilité qui l'étranglait davantage chaque jour. Il vivait peut-être sa dernière équipée en liberté sur son yacht, le *Diamant noir,* avant que ne tombe le couperet de la charge royale. Alors, non, il n'avait pas besoin de s'encombrer de la compagnie d'une baroudeuse impertinente dont la première caractéristique était de se comporter comme une mitrailleuse à questions. Ah certes, le sexe le détendrait… Généralement, il portait cependant son choix sur des femmes plus mûres, plus expérimentées, des femmes acceptant les règles du jeu – et non de jeunes cigales sillonnant l'Europe le sac au dos.

— De l'eau ! Enfin ! s'écria-t-elle en le voyant réapparaître et poser un grand verre sur le comptoir.

Elle le prit et le vida lentement – mais d'un trait.

— Merci, lâcha-t-elle avec une gratitude évidente.

Il poussa un profond soupir.

— Vous en voulez un autre, n'est-ce pas ? devina-t-il.

— Oui, s'il vous plaît. Mais ne vous dérangez pas, je vais me débrouiller, dit-elle.

— Je vous en prie.

2.

Non sans délectation, Luca admira sa silhouette tandis qu'elle se retournait pour faire de grands signes vers la salle. Il bénéficiait d'un panorama privilégié sur son petit corps souple, doté de courbes d'une harmonieuse perfection. Sa grand-mère, la princesse Aurélia, aurait probablement dit de cette jeune femme qu'elle était « bien faite de sa personne ». D'une certaine façon, elles se ressemblaient un peu… L'inconnue était tout aussi menue que son aïeule. Et à cause de sa petite taille, dans cette zone délaissée de la brasserie, elle n'avait pas une chance de passer dans le champ de vision du garçon.

— Bon, j'admets ma défaite, déclara-t-elle en se retournant vers lui.

Elle planta son regard d'émeraude dans le sien et enchaîna :

— Je n'ai pas le choix, je dois faire appel à vos services une seconde fois. Courez, trouvez ce garçon et ramenez-moi ce dont j'ai désespérément besoin.

Comme il restait interdit, elle joignit les mains et battit des cils, mimant une mauvaise tragédienne, et implora d'une voix chevrotante :

— Vous ne voyez donc pas que je suis sur le point de défaillir ?

— Ne cherchez plus de petit boulot : vous avez une carrière toute trouvée sur les planches, répondit-il, placide.

— Oui. Pour les laver et les cirer, je sais.

Sa réponse le fit éclater de rire, et le simple fait qu'il soit capable d'une si franche hilarité en un jour pareil en disait long sur le pouvoir de la jeune femme. Oh non, elle n'allait pas défaillir, et elle n'était pas en détresse. Ici, dans le cénacle des gens riches et célèbres, là où une tenue siglée du plus grand créateur italien n'osait jamais se montrer deux fois, là où les pedigrees n'étaient pas un petit plus mais une obligation, cette fille en short et sac à dos faisait preuve de l'assurance d'une princesse – et en plus, elle était spirituelle et drôle, contrairement aux authentiques princesses que son conseil royal lui présentait sans cesse en guise de candidates.

Mais elle pourrait également lui apporter bien des ennuis, songea-t-il en revenant vers le bar pour y poser le second verre.

— Vous n'aviez pas besoin de passer devant les autres, gronda-t-elle en souriant.

— Ce n'est pas ce que j'ai fait. Le garçon a été très efficace, c'est tout.

— Bon. En tout cas, merci. Vous me rendez un fier service, et j'y suis très sensible.

Il leva les yeux au ciel.

— Je vous ai apporté deux verres d'eau… Pas de quoi vous prosterner devant moi.

— Ce n'était pas mon intention, rassurez-vous, dit-elle, un sourire moqueur aux lèvres.

En avalant une gorgée d'eau, elle balaya la salle du regard. Puis elle se retourna vers lui et s'enquit :

— Vous connaissez des gens, ici ?

— Non. Pourquoi ?

— Parce que tout le monde vous regarde.

— C'est peut-être vous qu'ils regardent, suggéra-t-il tandis que, dans sa vision périphérique, les clients attablés faisaient comme s'ils ne l'avaient pas reconnu.

— Hum… Non, ça m'étonnerait beaucoup, rétorqua-t-elle.

Une nouvelle fois, elle vida son verre en un temps record. Puis, une moue dubitative aux lèvres, elle ajouta :

— Je ne fais pas partie de leur univers.

Elle se redressa et reprit :

— Quoi qu'il en soit, ne vous laissez pas intimider par ces aristocrates. Je suis là pour vous protéger.

— Vous plaisantez ?

— Peut-être. Peut-être pas. Croyez ce qu'il vous plaira, ajouta-t-elle d'un ton mystérieux. Mais quoi que vous fassiez, je vous invite chaleureusement à les ignorer.

Elle passa une main sur ses tempes, et une fine mèche tomba en bouclant devant son oreille. Sa chevelure n'était pas cuivrée mais d'un roux ardent. Cette femme de feu portait fièrement sa couleur. De petites barrettes retenaient encore le reste de son chignon, avec quelques épingles, et il éprouva encore la furieuse envie de les retirer une à une, pour plonger ses doigts dans cette fourrure de renard.

— Et sinon, reprit-elle, vous comptez me dire un jour qui vous êtes ? À part la seule personne aussi mal sapée que moi, dans cette brasserie ?

Il était incontestable qu'ils piétinaient avec insolence le code vestimentaire de la maison. Il n'avait pas pour habitude de fréquenter les palaces en bermuda et T-shirt. Non seulement il n'était ni rasé ni coiffé, mais il avait du sable encore collé sur les jambes… Était-elle assez naïve pour croire qu'on les laissait occuper le bar avec un verre d'eau, depuis un bon quart d'heure, par pure charité ? Ici, il était clair qu'on passait à un prince tous ses caprices : et comme elle l'accompagnait, personne ne venait les importuner.

— Je m'appelle Luca, dit-il. Et vous ?

— Avant d'en venir aux présentations, j'aimerais

que vous me disiez comment vous avez fait pour ne pas vous faire jeter hors d'ici, alors que vous avez l'air d'être tombé à l'eau.

— Parce que c'est exactement ce qui m'est arrivé.

— D'accord, mais… C'est bizarre. Je suppose qu'ils n'ont pas de service de sécurité et qu'aucun membre du personnel n'a eu envie de s'attaquer à vous, dit-elle en fixant ses biceps.

— Merci. Encore des compliments ?

— Blague à part… Cela n'a aucun sens. Comment avez-vous fait ?

Il haussa les épaules.

— Peut-être que j'inspire la sympathie et que les serveurs ont eu envie de faire une exception.

Elle secoua lentement la tête.

— Oui, et peut-être qu'ils se cotisent en cuisine pour vous offrir un costume, ironisa-t-elle. Pourtant, ils filent aussi droit que des soldats, et eux-mêmes sont tirés à quatre épingles, avec leurs costumes de pingouins. Ne me prenez pas pour une courge, Luca. Ou bien ils ont peur de vous, ou bien ils vous respectent. Alors ?

C'était probablement un peu des deux, songea-t-il, amusé.

— Je suis déjà venu ici, reconnut-il.

— Ah… Alors vous faites partie de l'équipage d'un building flottant ?

Il dénia de la tête.

— Hum… Non, en fait, vous n'êtes pas un membre d'équipage, reprit-elle en le sondant d'un regard inquisiteur. Vous êtes le cerveau de la mafia locale. Ou peut-être un milliardaire venu passer la journée ici, incognito ?

— Ma foi, je serais enchanté de jouer l'un ou l'autre de ces rôles ! admit-il.

— Je n'en doute pas. Mais pas avec moi.

Il sourit et croisa les bras, soutenant son regard.

— Vous a-t-il seulement traversé l'esprit que cela pourrait être *vous* que les gens regardent ?

— Moi ? Hormis quelques regards réprobateurs au moment où je suis entrée, je n'ai vu personne lorgner dans ma direction depuis.

— Vous parlez bien vite. C'est sans doute votre incroyable chevelure qui prête à tant de commentaires.

— Oh ! Merci, gentil seigneur, répondit-elle en esquissant une petite révérence.

Amusé, il mima une réaction horrifiée.

— Oh non, aurais-je laissé échapper un compliment malgré moi ?

Sans bouger la tête, elle lança quelques regards aux alentours et conclut :

— Je vous garantis que ce n'est pas moi qu'ils fixent. Maintenant que j'ai bu mon verre, personne ne me considère comme un personnage auréolé de mystère : l'hypothèse de la campeuse poursuivie par un loup-garou, qui serait venue chercher refuge ici par erreur, est unanimement rejetée.

Il fronça les sourcils.

— Chercher refuge, dites-vous ? Vous fuyez quelque chose ou quelqu'un ?

Au lieu de répondre à sa question, elle prit un chemin de traverse.

— C'est là tout le problème avec Saint-Tropez : les fausses pistes. C'est la première fois que je viens ici, alors, à mon arrivée, j'avais du mal à croire qu'il soit possible que le petit village de pêcheurs des origines ait su résister et conserver son charme, avec tous ces yachts, toutes ces voitures de riches… Et justement, si. La parenthèse estivale que s'offrent les VIP n'empêche pas les habitants de la ville de poursuivre leur train-train, comme à leur habitude. Les deux populations coexistent.

— Et vous désapprouvez ?

— Non, au contraire ! C'est ce qui fait de Saint-Tropez un lieu unique que tout le monde a envie de venir visiter un jour. Mais n'essayez pas de changer de sujet. Nous parlions de vous.

— *Moi*, je change de sujet ? répéta-t-il, outré.

Elle s'esclaffa et haussa les épaules.

— Oui, allez... Dites-moi tout. Alors ? Vous êtes une célébrité ? Un fugitif qui tente d'échapper à la loi ?

— Je regrette, je n'appartiens à aucune de ces catégories.

— Vous devriez passer à la confession de vous-même. Parce que, de toute façon, je suis très douée pour extorquer des aveux complets.

— Commissaire ?

— Pas encore, soupira-t-elle, mais j'ai toujours rêvé d'une carrière de fin limier. Je n'ai jamais su résister à un puzzle.

— Ah... Et si je me cache, comme vous ? insinua-t-il, un sourire taquin aux lèvres.

— Je ne me cache pas !

La promptitude de sa réponse était suspecte, pensa-t-il. Son sixième sens lui soufflait que, même si elle s'en défendait, elle fuyait quelque chose et cherchait un refuge.

— Vous ne risquez pas de vous fondre dans le décor, habillé comme vous l'êtes, reprit-elle en le fixant d'un regard scrutateur.

Sans cesser de le dévisager, elle ajouta :

— Et le prénom Luca n'est guère un indice.

— Parce que d'habitude, si vous connaissez le prénom de quelqu'un, vous pouvez tout déduire de lui ? contra-t-il.

— Non, c'est vrai... Et il est possible que je manque de pratique, à force de me promener dans des paysages grandioses, loin des foules. C'est peut-être un signal : il est temps que je retrouve ma place dans la société humaine. Mais je reste farouche.

Il s'esclaffa.

— Si les rencontres vous rendent si méfiante, pourquoi avez-vous abordé un inconnu en entrant ici ?

Elle sourit.

— Vous ne me faites pas peur. Vous avez l'air digne de confiance.

— Je suis obligé de vous croire sur parole, répondit-il, secrètement stupéfait.

Où était-elle donc au cours de ces derniers mois ? Des photos de lui s'étaient étalées partout dans la presse ! La tragédie intime que représentait pour lui la mort de son frère avait résonné d'un bout à l'autre du globe. Après la mort de leurs parents, dans un accident d'avion, leur grand-mère les avait élevés, puis Pietro avait pris le relais… pour connaître à son tour une fin précoce. Les journaux avaient fait leurs choux gras du destin fracassé des deux frères, surtout qu'ils étaient fabuleusement riches et appartenaient au cénacle des têtes couronnées. Comment avait-elle réussi à passer au travers de cette phénoménale couverture médiatique ?

Après tout, c'était peut-être uniquement le changement de contexte. Tel qu'il se trouvait en ce moment, maculé de sable, vêtu tel un touriste négligé, il ne ressemblait plus guère au fringant chef militaire, dans son uniforme rutilant, passant ses troupes en revue, tel qu'il avait été photographié des douzaines de fois. Cet homme-là avait la réputation de se vouer corps et âme à ses troupes et de ne jamais sourire en public. Condamné à tenir son rôle, il était censé tolérer l'intolérable, supporter l'insupportable, y compris la mort de cet aîné qu'il chérissait… et la perspective de ne plus jamais revoir le sourire de Pietro, de ne plus jamais l'entendre plaisanter.

Dans cette salle de restaurant, les clients qui l'avaient reconnu ne voyaient en lui qu'un aristocrate, un milliardaire, le propriétaire d'un des yachts les plus célèbres du monde, le *Diamant noir,* mouillé à quelque distance du port. Précisément, il avait choisi Saint-Tropez pour escale sachant que bien d'autres célébrités noieraient l'attention qu'il concentrait ailleurs : ici, il était un nom connu parmi des centaines.

Son yacht faisait sa joie et sa fierté, et l'emmenait dès qu'il le souhaitait loin des curiosités excessives et des langues trop pendues. Grâce à la société de technologie numérique qu'il avait montée seul, *entièrement seul*, depuis sa chambre d'adolescent, il avait pu se payer le bateau de ses rêves. Ainsi avait-il, au passage, hérité du surnom de « Prince Pirate », à cause des voiles et de la coque noire du navire.

— Puisque je ne vous inspire pas un sentiment de terreur pure, observa-t-il, vous allez peut-être me faire l'honneur de me dire comment vous vous appelez ?

— Tout l'honneur serait pour moi, répliqua-t-elle en posant la main sur sa poitrine, laissant deviner des seins généreux dont il eut le plus grand mal à détourner le regard.

— Je vous écoute, murmura-t-il.

— Samia. Ravie de vous connaître, Luca.

Appuyant sa déclaration, elle afficha un large sourire. Puis elle esquissa une petite révérence qui le fit frémir. Allait-elle finir par le reconnaître ? Forcément. Ce n'était qu'une question de minutes. Il se demanda si elle changerait alors d'attitude envers lui, et voulut croire que… non. Elle avait assez démontré sa forte personnalité pour qu'il ne la suspecte pas d'être comme tout le monde.

— Exotique, jugea-t-il.

— Vraiment ? s'étonna-t-elle. Moi ? Ou mon nom ?

— Et si je vous disais : les deux ?

— Je vous répondrais que vous en faites des tonnes, railla-t-elle. Or mon sixième sens me souffle que cela ne vous ressemble pas.

Conquis, il hocha la tête. Il avait envie d'en mettre

autant à son service : Samia était une somme de contradictions, mais rien ne pouvait oblitérer son charme, son sens de la repartie ou son goût du jeu – très contagieux.

— Samia Smith précisa-t-elle. Aucun exotisme, je le crains.

— Samia Smith, articula-t-il en savourant chaque syllabe. Au contraire, ça sonne comme un nom d'artiste. Quoi qu'il en soit, c'est un réel plaisir de vous rencontrer…

Ils échangèrent une brève poignée de main.

Elle avait une main menue, qui semblait plus minuscule encore dans sa large paume. Sa peau, d'une douceur propre à l'étourdir, avait la délicatesse des poupées en porcelaine. Pourtant, Samia avait une poigne ferme et décidée.

Tandis qu'ils descellaient cette étreinte innocente il repéra une petite bande blanche à l'annulaire de la jeune femme. La trace d'une bague ôtée récemment.

Une alliance, bien sûr.

3.

Alors que ce bref contact avait déjà fait bouillonner son sang dans ses veines, Luca dut pratiquement se jeter contre la jeune femme : il l'enveloppa d'un bras protecteur afin qu'elle ne soit pas heurtée par un groupe de garçons surgissant en bataillon hors des cuisines, armés de leurs plateaux et filant vers la terrasse.

L'escouade venait à peine de disparaître qu'il fut surpris par la soudaine augmentation de sa température. Lorsqu'il arrima son regard à celui de Samia, à quelques centimètres de lui, il perçut également son trouble.

Quelque chose venait de changer, entre eux. Ils n'étaient plus des inconnus qui venaient de faire connaissance dans un restaurant. Ils étaient un homme et une femme, réduits à leurs sensations et à leur désir.

Les grands yeux verts de Samia parurent plus tourmentés, et elle rosit. Quelques clients avaient remarqué l'incident et les fixaient avec une insistance embarrassante. Il fallait absolument qu'ils partent, s'ils voulaient poursuivre leur conversation en toute sérénité.

— Les regards vous gênent ? demanda-t-elle d'un ton sarcastique. Vous avez honte qu'on vous voie avec moi ?

— Je n'aime pas que nous nous trouvions sur le passage des serveurs, rétorqua-t-il, une pointe d'agacement dans la voix.

Bien sûr qu'il y avait une autre raison ! N'importe quel

propriétaire de smartphone appartenait désormais à la race des paparazzis. Or un cliché volé du Prince Pirate valait très cher. D'autant plus cher que celui-ci semblait tout près de s'offrir une nouvelle conquête… Non, pas question de laisser faire cela. Il n'avait pas besoin que son peuple se désole une fois de plus d'avoir perdu Pietro au bénéfice du petit frère turbulent et de sa réputation d'incorrigible play-boy. On prétendrait sans doute qu'il était venu à Saint-Tropez dans la seule intention de se trouver une aventure d'été, et…

— Qu'est-ce qui vous a amenée à Saint-Tropez ? interrogea-t-il en la sondant du regard.

— Oh… C'est un nom magique pour moi, avoua-t-elle. Brigitte Bardot était très jeune quand elle a épousé le séduisant Roger Vadim, dans les années 1950. Tout le monde connaît leur histoire, tout le monde a vu le film, et tout le monde sait comment ils ont fait de ce petit village le lieu le plus glamour de la planète. Qui pourrait résister à pareil attrait ?

— Moi. Je vois cet endroit pour ce qu'il est : une ville prospère et grouillante de monde.

— Parce que vous êtes un réaliste, soupira-t-elle.

— Et vous une incorrigible romantique, n'est-ce pas ?

— J'aime rêver. Qu'y a-t-il de mal à cela ?

Il haussa les épaules en souriant.

— Rien, mais leur mariage de rêve a duré moins de cinq ans, si mes souvenirs sont exacts. Et tout ce « romantisme » s'est soldé par un divorce…

— Pourquoi voulez-vous tout gâcher ? protesta-t-elle. Vous ne pouvez pas plutôt vous focaliser sur le bonheur qu'ils ont connu ensemble ?

— Vous l'avez remarqué vous-même, rappela-t-il. Je suis un réaliste.

Mais un réaliste qui appréciait *follement* la compagnie de cette demoiselle…

— Dites-moi, cette vision des choses, toute en Technicolor, ne vous a-t-elle pas joué de mauvais tours ? s'enquit-il, taquin.

— Pourrions-nous nous en tenir à notre sujet ? répliqua-t-elle froidement.

— Aïe… J'ai touché un point sensible. Lequel ?

Il brûlait de curiosité mais, ainsi qu'il aurait dû s'y attendre, elle éluda sa question.

— Mon estomac, dit-elle. Je n'ai plus seulement soif : j'ai faim, maintenant.

Il n'en croyait pas un mot, mais il voulait bien ne pas insister : ils ne se connaissaient que depuis cinq minutes, et elle ne lui devait aucune confession.

— Combien de temps avez-vous consacré à la préparation de ce voyage ? demanda-t-il.

— Pas assez, reconnut-elle. C'était un coup de tête. Je… J'aime me laisser porter là où l'envie me mène.

Il ne croyait pas un instant non plus à ce mensonge. Tout le monde faisait des plans, s'organisait, pesait le pour et le contre… Et, en jetant un coup d'œil sur la porte de service par laquelle elle était entrée, il eut une nouvelle fois l'envie de savoir ce qu'elle fuyait. Ou *qui*. Le mari qui avait un jour passé une alliance à son annulaire désormais nu ? Si elle souffrait en ce moment, elle le cachait bien. Elle lui rappelait l'un de ses chevaux favoris, toujours loyal, toujours disponible, toujours prêt à partir en promenade. La façade espiègle et vive de Samia dissimulait une blessure. Une histoire complexe qu'il désirait absolument connaître.

— Pas vous, n'est-ce pas ? reprit-elle. Vous planifiez toujours tout ?

— Je plaide coupable, oui…

— Dans ce cas, rétorqua-t-elle du tac au tac, vous n'avez pas poussé la porte de cette brasserie par hasard.

Il retint son souffle. S'il lui révélait qu'il était venu

à Saint-Tropez dans le seul but de rencontrer l'homme qui avait adopté l'enfant de son frère, le croirait-elle ? Hélas, ni la mère porteuse qui avait offert ses services à Pietro ni son époux ne souhaitaient établir de lien avec Luca. Impossible de les convaincre d'aller au-delà d'une conversation au téléphone. Ils l'avaient simplement assuré que le bébé allait très bien, qu'il était comblé d'amour, et que leur petite famille n'avait pas la moindre intention d'exercer un jour un quelconque droit de regard sur le trône de Madlena. Pourquoi diable feraient-ils cela ? Ainsi que Maria, la jeune mère, l'avait répété, aucune personne saine d'esprit ne voudrait d'un pareil sacerdoce. Réflexion à laquelle Luca souscrivait, en se rappelant leur enfance, à Pietro et à lui, les restrictions et les interdictions, à l'âge où tous les bambins ne connaissent que le jeu et les rires.

Dès son second mois de grossesse, Maria avait décidé de garder l'enfant qu'elle portait, conformément à ce que la loi prévoyait. Elle avait eu le temps de le dire et de l'expliquer à Pietro. Son mari la soutenait à cent pour cent. Du point de vue du jeune couple, cet enfant était le leur, et il n'entretiendrait donc aucun lien avec une quelconque dynastie royale. Du reste, Maria et son mari venaient tous deux de familles aisées, sinon riches. Ils possédaient un beau mas provençal, un restaurant connu et apprécié… Ils n'avaient besoin de rien ; ils étaient heureux.

Au contraire, Luca sentait la douleur lui nouer l'estomac lorsqu'il songeait que Pietro avait été – sans qu'il s'en aperçoive – profondément malheureux. Et même assez désespéré de ne pas avoir d'enfant pour recourir à une solution aussi extrême ! Tellement en souffrance, en fait, qu'il avait gardé son chagrin pour lui, au lieu de s'ouvrir à son propre frère.

Malgré le résultat, Luca ne regrettait pas d'avoir fait le

voyage. À Madlena, les gens n'avaient pas besoin d'une nouvelle révélation fracassante. Il fallait les rassurer. Au moins, il saurait faire en sorte que le secret de Pietro ne soit pas éventé.

— Je travaille à bord d'un yacht.

— Non ! s'exclama-t-elle en écarquillant les yeux.

— Si. Et j'ai profité de notre escale ici pour venir régler une affaire familiale, répondit-il.

— Tiens donc…

Elle le contempla d'un long regard et déclara, narquoise :

— Vous êtes beaucoup plus romantique que vous ne voulez bien l'admettre, alors. La famille, c'est ce qui compte le plus… Ou ce qui *devrait* compter le plus.

Il crut entendre une note de tristesse dans sa voix.

— C'est l'essentiel pour moi, admit-il, plus curieux que jamais à son sujet.

— Vous venez de loin ? s'enquit-elle. Votre accent n'est pas français.

— Ah ? Je ne savais pas que ma voix racontait toute une histoire…

— C'est plutôt votre intonation, nuança-t-elle. Vous avez un timbre chaud et grave, des accents de baryton très prononcés et un léger vibrato sur les finales…

Il la dévisagea avec perplexité.

— Aucune idée de ce que vous voulez dire.

— Vous devriez vous contenter d'un « Ah », quand vous ne voulez pas donner une réponse compromettante, conseilla-t-elle. C'est ce que je fais moi-même, quand je n'ai pas envie de répondre à une question. Or il est clair comme de l'eau de roche que vous avez autant envie que moi de vous soumettre à un interrogatoire.

— Bien vu, dit-il en souriant.

Leurs regards restèrent arrimés l'un à l'autre une brève seconde, avant qu'elle ne détourne les yeux.

— J'arrête de parler, maintenant, dit-elle en s'adossant au mur face à lui.

— C'est une promesse ?

Elle fit la moue et acquiesça.

— Presque. C'est ce que vous obtiendrez de plus approchant.

Et pourtant, ils parlaient encore. Cela relevait du miracle. Depuis la mort de Pietro, Luca n'avait eu de patience pour rien ni personne. En découvrant que son frère avait voulu à tout prix se forger une famille à lui sans même lui en dire un mot, il avait senti son univers se fissurer. L'univers d'un égoïste, trop absorbé par lui-même pour réaliser que son frère adoré traversait une terrible épreuve. Et il réalisait qu'il avait beaucoup à apprendre, s'il ne voulait pas décevoir son pays comme il avait déçu Pietro.

— Où irez-vous quand vous quitterez ce port ? demanda son interlocutrice.

Il reporta son attention sur elle.

— Vous n'aviez pas fait vœu de silence ?

— Pas pour l'éternité, non, dit-elle en riant. Et vous avez l'air d'avoir besoin de distraction.

Il ne put réprimer un sourire. Quelque chose, dans la personnalité de Samia, l'obligeait à regarder la vie avec plus de légèreté, de recul. Sans parler de l'envie de plus en plus pressante de faire taire cette jolie bouche par un baiser.

— Alors ? insista-t-elle. Vous rentrez bientôt chez vous ?

Chez lui. C'était sur le yacht ou sur la couchette d'un baraquement militaire. Mais l'appartement royal du palais, avec son armée de chauffeurs, d'huissiers et de serviteurs, n'avait jamais figuré parmi ses résidences de prédilection. C'était la vie de son frère, pas la sienne. Lui avait choisi les forces de défense de Madlena, au service desquelles il se sentait un tant soit peu utile à son pays.

— Vous avez l'air triste et en colère, observa-t-elle en fronçant les sourcils. C'est ma faute ? J'ai dit quelque chose qui vous a contrarié ou heurté ?

— Pas du tout. Je ne suis pas triste.

— Ah. Tant mieux. Quand on est italien, on doit être joyeux !

Il hésita entre l'envie de partir et celle de laisser Samia le détourner de ses sombres ruminations au sujet de son frère. Celui qui l'avait élevé, lorsque leur grand-mère était devenue veuve et qu'elle avait eu besoin de se concentrer sur sa propre vie. Pietro avait alors pris soin de lui et… au moment où il avait eu, à son ton tour, besoin que son petit frère lui vienne en aide, où était Luca ?

— Quel pays extraordinaire. Ces pâtes, mon Dieu, ces *pasta*…

— Quoi ? aboya-t-il.

L'intrusion de la jeune femme dans le fil de ses pensées se révélait bienvenue, mais… Sérieusement ? Les pâtes ? De tout ce qu'elle pouvait vanter de la culture italienne, depuis les immenses artistes du Quattrocento, les vestiges romains, l'architecture, la variété et la beauté des paysages… La première chose qui lui venait à l'esprit, c'était de la nourriture ?

Il lui retourna une expression scandalisée.

— Ah, vous revoilà ! s'écria-t-elle. Toujours en colère, mais le chagrin est passé. Et je parie que vous êtes aussi affamé que moi.

— Vraiment, vous avez faim ?

— Cela vous étonne tellement ? Je n'ai rien avalé depuis mon café ce matin, et un demi-croissant. Ici, même si j'avais assez d'argent pour m'offrir quelque chose, il n'y a pas une table de libre. Et le garçon ne risque pas de se démener pour trouver une place à une fille en short.

Il lui aurait été facile de lui prouver que, d'un claquement de doigts, il pouvait leur obtenir la meilleure table.

— Nous sommes cuits, soupira-t-elle.

— *Nous* ? répéta-t-il, sidéré.

— Évidemment, nous. J'ai faim, et vous aussi, forcément : vous êtes venu à la nage, non ?

Un autre type de faim le tenaillait.

— Hamburger ? suggéra-t-elle.

Il se tourna, suivant du regard l'enseigne qu'elle désignait, au loin, sur la promenade. Le petit *diner* à l'américaine, modeste, était logé à l'angle d'une rue, à l'écart, abrité du passage.

Comme son téléphone bipait dans sa poche, il s'en saisit, et lut le message de la responsable de son équipe d'assistants à Madlena. La boîte rouge, le coffret contenant les documents relatifs à l'état de la nation et au gouvernement, lui serait livrée à son bureau sur *Diamant noir* en fin de journée.

En guise de réponse, il envoya cette requête :

J'aimerais que vous lanciez une petite investigation sur quelqu'un. Nom : Samia Smith. Je n'ai besoin que des éléments essentiels.

— Prêt ? s'enquit la jeune femme dès qu'il eut rangé l'appareil.

— Oui. Désolé. On ne dort jamais, dans mon métier.

— Pauvre de vous…

— Vous avez faim, oui ou non ? Venez avec moi, trancha-t-il.

Elle releva soudain vers lui un regard méfiant. L'inquiétude se lisait sur son joli visage.

— Je ne vous connais ni d'Ève ni d'Adam. Je devrais peut-être y aller toute seule.

— À votre guise. Vous ne voulez donc plus manger quelque chose ?

— Si, mais…

— Mais quoi ? s'impatienta-t-il.

D'un geste malhabile, elle lui mit un billet de dix euros dans la main.

— Si nous y allons ensemble, vous devez accepter ça, déclara-t-elle.

Désarçonné, il contempla le billet.

— Je sais ce que coûte la vie ici, expliqua-t-elle. C'est un endroit merveilleux, il suffit de regarder autour de soi pour être diverti du matin au soir, mais pas pour manger à sa faim.

La façon dont elle tournait la chose le mit, à son tour, sur ses gardes.

— Vous n'êtes pas reporter, au moins ?

Elle se mit à rire.

— Pourquoi, vous avez quelque chose à cacher ?

— Répondez-moi.

— Tiens, tiens… Nous voici maintenant intrigués tous les deux, chuchota-t-elle d'un ton gourmand.

Luca n'aurait pas dû se satisfaire de cette pirouette, mais lorsque Samia le contempla en souriant, il sentit tomber toutes ses défenses. Son parfum fleuri vint caresser ses narines et le griser, de ses effluves de rose et de patchouli.

— Je ne sais pas comment vous faites pour avoir l'air aussi sérieux, reprit-elle en s'esclaffant. Vous êtes à Saint-Tropez ! Ici, tout le monde sourit.

Il avait pourtant vu passer plusieurs fois une ombre dans son lumineux regard vert, fut-il tenté de répliquer. Mais il s'en abstint.

— Regardez, renchérit-elle d'une voix vibrante de joie. Le soleil brille ! Le ciel est bleu roi. Comment ne pas se détendre dans un endroit pareil ?

— En étant à côté d'une femme qui vous mitraille de questions ? railla-t-il.

Elle rit tellement fort en ramassant son sac à dos qu'elle avait l'air d'être ivre, en sortant de la brasserie. Heureusement, ils partirent assez vite pour qu'on ne les remarque pas.

— Je suppose que vous ne naviguez pas seulement pour le travail ? demanda-t-elle, comme ils abordaient la baie de Saint-Tropez, où l'eau scintillait paisiblement sous la lumière orangée de l'après-midi.

— Non, en effet, dit-il en se remémorant les nuits somptueuses, sur le pont du yacht, sous un ciel étoilé et magique, sans pollution lumineuse.

Et les longues journées à paresser sous le soleil et à admirer les dauphins qui dansaient dans toute leur grâce.

— C'est bien davantage qu'un travail pour moi, acquiesça-t-il.

— Je comprends mieux pourquoi tout le monde vous regarde. Ils sont tous jaloux… Et moi aussi ! Quelle vie merveilleuse. Travailler à bord d'un yacht ! Le vôtre est-il amarré ici ? Vous pourriez me le montrer, quand nous aurons avalé quelque chose.

— Non, il est ancré au large.

— Oh.

Elle semblait déçue.

— On le voit d'ici ? reprit-elle avec espoir. Vous pouvez me dire où il est ?

Déjà, elle posait sa main en visière sur son front, et son enthousiasme provoqua son hilarité. Incapable de lui refuser ce plaisir, il pointa *Diamant noir.*

Aussitôt, elle se tourna vivement vers lui, l'air fascinée.

— Vous plaisantez. Ce n'est pas possible… Ne s'agit-il pas de l'un des plus grands yachts du monde ? Et vous êtes de l'équipage ? Tout le monde connaît ce bateau !

— Oui, c'est *le* plus grand, précisa-t-il en dissimulant sa fierté le mieux possible.

— C'est fou ! J'ai lu un article sur *Diamant noir.* Si vous pouviez me trouver un petit boulot à bord… Ce serait un rêve qui se réalise !

— Eh bien… Je transmettrai le message, répondit-il en hochant la tête.

Était-ce une mauvaise idée ? Non. Au contraire. Samia était exactement le genre de distraction dont il avait besoin avant de se soumettre à son devoir.

— C'est extraordinaire ! Quelle splendeur, ce yacht ! Et noir !

Elle le dévisagea et rit en ajoutant :

— Je suis heureuse que vous ne fassiez pas partie de ces affreux buildings flottants. Et je suis sûre que vous êtes parfaitement à votre place sur ce navire de pirates… D'ailleurs, c'est tout à fait vous. Il ne vous manque qu'un perroquet sur l'épaule et une créole à l'oreille.

Parfait, pensa-t-il. Parce qu'il comptait bien passer à l'abordage… et trouver le trésor.

4.

Samia fronça les sourcils.

— Mais dites-moi, je ne comprends pas… Puisque votre bateau est mouillé là-bas, comment êtes-vous venu ici ?

— Je vous l'ai dit, à la nage.

Elle baissa les yeux sur ses mollets.

— Admettons. Cela explique pourquoi vous avez du sable collé aux jambes.

— Décidément, vous êtes un fin limier !

— Merci. Mais sérieusement, j'aimerais savoir.

Il sourit.

— À l'arrière du yacht, nous avons une plate-forme pour l'accès des scooters de mer et des vedettes.

— *Nous* ? répéta-t-elle, médusée. Le propriétaire sait-il que vous considérez son matériel comme le vôtre ? Oh ! j'ai lu son nom quelque part, c'est certain, il figurait dans l'article, mais… Je ne sais plus, il me semble que c'était un milliardaire spécialisé dans la technologie informatique, et qui avait plus ou moins du sang royal. Le genre de type auréolé d'une réputation sulfureuse, enfin, vous voyez.

Elle leva les yeux au ciel, soupira et enchaîna :

— Bien sûr que vous voyez. C'est votre patron. Et vous, vous n'avez rien d'un petit matelot du dimanche… Vous êtes membre d'équipage du plus fabuleux yacht de la planète ! Et vous pourriez même me dégoter un petit poste à bord !

Elle afficha un sourire angélique et joignit les mains, pour appuyer sa demande.

— S'il vous plaît, plaida-t-elle encore. Dites à votre employeur que je suis prête à accepter n'importe quoi. Enfin, non : dans la mesure du raisonnable, tout de même. Si vous pouvez juste m'arranger un entretien avec la personne chargée des recrutements, je vous assure que vous ne le regretterez pas. C'est le capitaine, sans doute ?

— Je vais le faire, dit-il. Sans garantie, car…

Il n'eut pas le temps d'achever sa phrase : folle de joie, la jeune femme sautillait et bondit soudain pour planter une bise sur son menton.

Au beau milieu de la promenade de Saint-Tropez, en dépit du risque d'être vu et photographié, il ne ressentit rien d'autre qu'une délicieuse excitation au contact – trop bref – de la bouche pulpeuse de Samia sur sa peau. Une excitation et un vent de fraîcheur irrésistible. Salvateur.

Cependant, la jeune femme recula d'un pas et devint écarlate. Une frayeur passa dans son regard. Elle avait cédé à une impulsion, et alors qu'il avait très envie de l'imiter en l'embrassant à son tour, il se refréna.

— Ma priorité reste de trouver un travail, déclara-t-elle d'un ton farouche, comme si elle redoutait de lui avoir laissé croire autre chose.

— J'avais compris. Mais vous ne ferez pas très bonne impression si votre estomac proteste aussi fort que maintenant.

— Alors je vous donne la permission de me nourrir, répliqua-t-elle.

Et après ? Elle le rejoindrait à bord… ou pas.

Mais si elle le faisait, il lui devrait une fière chandelle : il n'avait guère envie de rester seul à broyer ses idées noires, et à s'accabler d'angoisses. Les dirigeants du monde entier avaient jugé Pietro plus que digne de tenir sa place sur le trône de Madlena : en quelques années, il avait acquis la meilleure réputation possible, et gagné la confiance et le respect de ses pairs. Comment succéder à un souverain aussi estimé ? D'autant plus que Luca souffrait, lui, d'une image qui lui collait aux talons. Le petit frère couvé, l'adolescent rebelle, le mauvais garçon qui aimait trop les filles, le pirate et ses goûts de luxe… C'était injuste et il ne se reconnaissait pas dans ce portrait. Il n'avait rien d'un tombeur, mais, oui, il aimait la compagnie des femmes. Or chaque fois qu'il sortait avec une femme, un photographe était là, et les tabloïds faisaient leur œuvre dès le lendemain – d'où le malentendu. Et naturellement, les paparazzis ne venaient pas sur le porte-avion lorsqu'il partait en mission. Ni dans les camps d'entraînement. Quant à son goût pour le luxe, il se concentrait sur un objet et un seul : *Diamant noir.*

Injuste ou pas, il devait faire mentir cette réputation en gagnant la confiance de son peuple, en se montrant digne de son aîné, en le rendant fier de lui. Et il savait qu'il s'agissait d'un travail de longue haleine.

— Donnez-moi ça, dit-il à la jeune femme qui ôtait son sac à dos.

Comme ils approchaient du but, ils avaient sensiblement ralenti leur allure, sur la promenade, et le chargement de Samia semblait si lourd qu'elle faisait une pause.

— Bas les pattes, rétorqua-t-elle. Pas question de vous confier mes trésors.

Tandis que son désir remontait en flèche, il sourit. Quoi que puisse contenir son sac, il savait que ses trésors étaient ailleurs. Il avait entraperçu les formes généreuses de sa poitrine sous son T-shirt, dans le restaurant… Il aimait les seins opulents. Et il avait du mal à détacher son regard de sa ravissante paire de jambes.

— Encore une chose, reprit-elle en lui lançant un coup d'œil inquiet.

— Une seule ? railla-t-il.

Elle haussa les épaules et expliqua :

— Quel que soit le travail qu'on me confie, il faut que ce soit quelque chose d'honorable. Et légal.

À ces mots, il recula d'un pas, éberlué.

— Mais… Cela va de soi ! s'écria-t-il. Pour qui me prenez-vous ?

— Justement. Je n'en ai pas la moindre idée, pour le moment.

— Votre Altesse ! lança le portier du *diner* en ouvrant prestement la porte de l'établissement.

Avec une profonde révérence, il ajouta :

— C'est un honneur !

Samia eut l'impression d'avoir reçu un baquet d'eau froide sur la tête.

— Quoi ? *Votre Altesse* ? répéta-t-elle en fixant son compagnon, stupéfaite.

En moins d'une seconde, les pièces du puzzle se mirent en place dans son esprit.

— Mais oui… Bien sûr… Évidemment que je vous connais ! lâcha-t-elle, sans le quitter du regard. Vous n'êtes pas membre de l'équipage de *Diamant noir* ! C'est *votre* yacht ! Vous êtes Luca Fortebracci, héritier du trône de la principauté de Madlena depuis la mort de votre frère…

Elle s'interrompit en voyant le visage de Luca se décomposer. Tandis que ses joues s'enflammaient, elle tenta – trop tard – de rattraper sa bévue.

— Je… Excusez-moi. J'ai pensé à voix haute. Quelle maladresse de ma part ! Il y a trop longtemps que je suis dans ma petite bulle de touriste, mais ce n'est pas une excuse pour ouvrir la bouche avant de réfléchir. Vraiment, je suis confuse. Vous devez me trouver bien mal élevée.

— Pas du tout. Pourquoi penserais-je cela ?

Elle déglutit lentement. Sa réponse était diplomatique, polie… et glaciale.

— Vous n'êtes pas en position de m'offrir votre sympathie, enchaîna-t-il. Vous ne connaissiez pas mon frère, que je sache ? Et vous ne me connaissez pas non plus, n'est-ce pas ?

C'était incroyable. En un claquement de doigts, le type sexy, drôle et détendu qu'elle venait de rencontrer dans une brasserie venait de se métamorphoser en prince distant et dur comme un iceberg.

— Ne restons pas au milieu du passage, la pressa-t-il. Nous gênons.

— Je… Je suis navrée, renchérit-elle. Si vous préférez que je ne vienne pas ici avec vous, il n'y a aucun problème, je comprends.

Luca posa fermement la main sur son poignet, et elle suivit son regard, comprenant sa hâte à entrer dans le restaurant : derrière eux, des gens qui assistaient à la scène brandissaient déjà leurs smartphones.

— Venez, insista-t-il. Ne restons pas ici.

Elle lui emboîta vivement le pas, et ils allèrent s'installer à une table à l'écart, tout au fond de la salle. Du reste, l'établissement était quasiment vide, sauf deux jeunes filles juchées sur des tabourets au bar, savourant des milk-shakes. À Saint-Tropez, visiblement, les consommateurs de hamburgers à l'heure du thé se faisaient rares. Comment un endroit aussi modeste pouvait-il s'offrir les services d'un portier ? C'était peut-être obligatoire, songea-t-elle en soupirant. Ou alors, cette triste petite échoppe devenait une adresse huppée à la nuit tombée. Cette ville était si pleine de surprises…

En tout cas, Samia était bien placée pour savoir combien il était pénible de se trouver au centre de toutes les attentions, sous le feu le moins flatteur des projecteurs. Et même si dans son cas le scandale avait fini par retomber, chassé par un autre, elle n'ignorait pas que les princes étaient logés à une autre enseigne. Pour les têtes couronnées, ce cirque était constant, sans fin.

— Je vous assure que je comprends votre besoin de discrétion, dit-elle à Luca. Et j'imagine qu'il est plus aisé d'échapper aux vautours des tabloïds depuis un yacht. Mais s'il vous plaît, ne changez pas d'avis à mon sujet. Permettez-moi de postuler pour un petit travail à bord. J'en ai vraiment besoin, et je saurai me concentrer à cent pour cent sur mon job. Je comprends que nous avons profité d'un merveilleux moment de récréation, mais qu'il est temps de revenir aux choses sérieuses.

Comme il ne disait rien, elle tâcha de décrypter une quelconque émotion sur son visage. Et quel séduisant visage… Une myriade de frissons courut encore à la surface de sa peau. Luca avait d'épais cheveux châtain clair, coupés assez court. Un grand front lisse, un nez aussi droit et fier que celui d'une statue, une bouche ourlée et attirante. Et son regard ! Elle adorait sentir ses yeux noisette, aux mille éclats mordorés, se poser sur elle. Il avait un profil aristocratique, une peau fine, méditerranéenne, et le corps d'un athlète romain : grand, musclé, à la fois massif et svelte. Bref, il était la perfection masculine incarnée…

Oui, Luca lui plaisait beaucoup. Sans doute trop. Mais pas assez pour qu'elle perde la tête, se répéta-t-elle. Elle avait retenu la leçon, merci bien. Et avec le traumatisme qu'elle traînait derrière elle comme un boulet dont elle ne se débarrasserait jamais, à l'instar d'un Sisyphe poussant son rocher, elle ne risquait pas de céder aux charmes d'un homme. Quand bien même cet homme se révélait être un prince !

Elle avait touché un point sensible, en faisant référence à la disparition de son frère de façon si brutale, mais…

elle n'était pas responsable de sa culpabilité, Luca en était conscient. S'il voulait qu'elle le rejoigne à bord, il avait intérêt à se détendre.

Il prit le menu posé sur la table, afin de le tendre à sa compagne, et fronça les sourcils en découvrant le vieux carton maculé de taches de graisse.

— Vous êtes certain de vouloir rester dans un endroit comme celui-ci ? s'enquit-elle en riant. Cela ne va pas entacher toute la principauté ?

— Du moment que votre bouche est trop pleine pour lâcher encore une seule remarque de cet acabit, je veux bien planter ma tente au milieu de la salle.

Un instant plus tard, tout en regardant Samia lécher ses doigts pleins de sauce tomate, il se demanda ce qu'il avait fait de sa prudence, de sa défiance envers de parfaits inconnus : pour un regard pétillant de la jeune femme, il les expédiait par-dessus bord.

— Et si vous me racontiez ce que vous savez de moi ? suggéra-t-il.

Elle lui renvoya un regard perplexe.

— Pas grand-chose. Uniquement ce que j'ai lu dans la presse. Qui plus est, il y a un moment que j'ai perdu le fil des événements de ce monde.

— Ah bon ? s'étonna-t-il. À cause de votre voyage ?

Visiblement gênée, elle se contenta d'un bref hochement de tête.

— Vous ne voulez pas m'en dire plus ? insista-t-il.

Le regard vert venait de virer au gris orage… « Attention : zone dangereuse », crut-il y lire. Il sourit. Il aimait sa force de caractère, le fait qu'elle sache dire non.

— Pas de regret ? Vous n'en voulez vraiment pas un morceau ? demanda-t-elle en brandissant la moitié de son hamburger.

Il songea à la cuisine de son chef, à bord. Il devait être en train de lui mitonner le dîner. C'était un véritable artiste, un perfectionniste aux doigts d'or, étoilé au *Michelin.* Si Luca lui avouait qu'il avait préféré avaler un hamburger décongelé dans un boui-boui pour touristes sans le sou, cet homme le tuerait ! Un sourire amusé aux lèvres, il répondit :

— Non, merci, sans façon.

— C'est au-dessous de votre rang ? demanda-t-elle, une lueur insolente dans les yeux.

Ce sandwich devait être infiniment meilleur que les ragoûts infâmes qu'on lui servait à l'armée, pensa-t-il.

— J'ai un gros appétit, avoua-t-il. Il me faut bien davantage qu'un hamburger pour le combler. Je me rattraperai ce soir, ne vous inquiétez surtout pas à ce propos.

Avait-elle saisi le sous-entendu ? Il était involontaire, mais il vit les joues de Samia rosir.

— Devrai-je porter un uniforme ? s'enquit-elle, révélant sa gêne par ce changement de sujet.

Toutes sortes d'images émoustillantes passèrent dans son imagination, depuis la soubrette jusqu'à la super-héroïne, et il s'efforça de tempérer ses ardeurs.

— Pas tout de suite, répondit-il en plongeant son regard dans le sien.

Elle avait l'art de le rendre plus léger, prodige que seule sa *nonna* avait su accomplir jusqu'alors. Une fois qu'ils seraient en mer, deux hypothèses se profilaient : ou bien elle saurait continuer à le détendre et à captiver son attention, ou bien elle lui taperait sur les nerfs – auquel cas, il lui suffirait de la débarquer à la première escale. Ou de l'emmener dans son lit.

— Vous repartez directement pour Madlena ? interrogea-t-elle.

— Je ne le sais pas encore, dit-il avec franchise.

— Mais... Vous n'êtes pas supposé assister à votre propre couronnement ? ironisa-t-elle. Qui doit avoir lieu, me semble-t-il, d'ici une quinzaine de jours ?

Dès qu'ils quittèrent le *diner*, il l'entraîna vers la marina. Son emploi du temps méritait probablement quelques aménagements, s'il voulait s'amuser un peu avant d'endosser son rôle de souverain.

— Il n'est pas impossible que nous donnions un peu de souplesse à l'agenda officiel, répondit-il.

— Nous ? s'étonna-t-elle, comme ils parvenaient devant le cordage de la zone d'embarquement VIP.

— L'équipage et moi, précisa-t-il.

En tout cas, songeait-il, la dynastie Fortebracci devrait patienter un peu avant que le prochain prince accepte de conclure une alliance de pure convenance avec une horrible princesse filiforme et guindée, de l'espèce que ses assistants lui vantaient du matin au soir. Il préférait mille fois s'accorder une prolongation récréative auprès d'une sirène à la chevelure de feu, aux formes lascives… et armée d'un incroyable sens de la repartie.

5.

Elle avait la tête qui tournait… Qu'avait-elle fait ? Qu'était-elle donc en train de fabriquer ? Avec qui était-elle sur le point de partir vers une destination inconnue ?

Un prince, rien que cela ! Luca Fortebracci, futur prince de Madlena.

Malgré elle, cette révélation bondissait dans son cerveau, fracassant ses projets rationnels et son intention de ne pas dévier de la prudence.

Son cœur battait à coups frénétiques, et même si Samia s'efforçait de croire que tout était normal, elle savait que c'était un énorme mensonge. Pour ne rien arranger, cet homme déclenchait en elle une sorte de tsunami de sensations : il suffisait qu'elle se tienne près de lui, comme en cet instant où ils marchaient sur le port, pour sentir l'aura charismatique de son corps viril lui couper le souffle. En même temps… Elle n'avait plus un sou. Il lui fallait absolument un travail. Tout de suite. Or, jusque dans ses rêves les plus fous, elle n'aurait jamais osé croire à ce scénario : un poste sur le plus beau yacht du monde, pour voguer sous le soleil de la Méditerranée. Comment passer à côté d'une chance pareille ?

Oui, mais… Elle connaissait la réputation de Luca. Alors que son frère, Pietro, avait été un saint, à en croire les notices nécrologiques qui lui avaient été consacrées, le cadet de la famille était souvent décrit comme le diable en personne. Une sorte de Casanova pirate. À trente ans, il restait allergique aux relations de longue durée et aimait collectionner les conquêtes d'un soir. Hum. Elle n'était tout de même assez naïve pour croire mot pour mot aux récits de journaux peu fiables… La vérité devait se situer un cran au-dessous. D'ailleurs, elle avait eu l'occasion de constater par elle-même que Luca était un homme complexe. Drôle, oui, aimant jouer… Mais torturé, aussi.

— Vous avez des doutes ? demanda-t-il, comme s'il lisait dans ses pensées. Il n'est pas trop tard pour changer d'avis, vous savez.

— Non, ça va.

Son cœur était en sécurité, se rappela-t-elle. Et elle ne permettrait jamais à cet homme de s'apercevoir qu'elle ne valait rien dans un lit – ainsi que son ex aimait à le répéter. En dépit de l'attirance qu'elle éprouvait face à Luca, il ne se passerait rien. Elle en était certaine.

— Tout va bien ?

Elle le voyait froncer les sourcils en regardant l'écran de son smartphone.

Il ne répondit pas, mais à l'instant où il rangea l'appareil dans sa poche, une tempête passa dans son regard. Une colère blanche changea ses traits, et elle recula d'un geste instinctif.

Sa réaction déclenchait malgré elle un vieux réflexe de crainte. Dès qu'elle prit conscience de son propre effroi, elle frémit. Oh ! à vingt-huit ans, elle était assez mûre pour savoir que tous les hommes n'étaient pas comme Oliver !

Une fois à bord, elle saurait se détacher de son passé, se promit-elle. Chaque jour, elle progressait, mais il n'était pas facile de tirer un trait sur plusieurs années passées avec un tyran. Une brute. Elle avait même fini par s'habituer à avoir constamment peur de lui, de son pouvoir, de ses chantages. Contrairement à ce qu'elle avait espéré, le divorce ne les avait pas séparés : il avait rendu son ex-mari plus vindicatif et vengeur.

Mais si elle y réfléchissait, elle ne serait nulle part mieux à l'abri de lui que sur un yacht, en pleine mer. Au moins le temps que durerait le voyage. Peut-être pourrait elle prendre des notes et rédiger, au retour, un reportage sur un mode de vie réservé aux plus riches – la croisière en yacht. Rien qui concerne Luca, bien sûr. Une réflexion sur la vie de luxe au large.

— C'est ici que nous attendons que le yacht vienne nous chercher ? demanda-t-elle en ouvrant de grands yeux, comme ils descendaient un petit escalier menant à une plate-forme portuaire.

Un lieu qu'elle n'avait jamais vu auparavant : une sorte de salon *lounge*, avec canapés et table basse, où deux hôtesses servaient cocktails et petits-fours.

— Pourquoi, cela ne vous plaît pas ? demanda-t-il, un sourire moqueur aux lèvres.

Mieux valait qu'elle garde la tête froide. Elle refusa le champagne et commanda un verre d'eau gazeuse. Luca l'imita, et elle ne put ignorer le pincement dans son cœur. Bien sûr, il n'allait pas célébrer l'arrivée d'un nouveau membre dans son équipage. Et elle voyait bien que, depuis qu'il avait consulté son mobile, il avait hâte de retrouver son bateau.

Ils n'étaient déjà plus sur la même longueur d'onde. Elle débordait d'excitation en abordant cette nouvelle expérience, alors qu'il retrouvait le cours de son existence : une activité qu'il adorait, et l'univers incroyablement privilégié qui était le sien depuis sa naissance.

Timidement, elle s'approcha de lui et relança la conversation.

— Alors… Madlena ?

— Je répondrai aux questions quand nous serons à

bord, lâcha-t-il d'un ton sec, pianotant toujours sur le clavier de son smartphone.

Elle se rappela qu'il était prince. Et en deuil. Il avait quelque raison de ne pas lui accorder toute l'attention qu'elle demandait… Sans savoir pourquoi, elle avait envie de l'aider. Elle sentait qu'il en avait besoin.

C'était bien joli de vouloir aider un prince en détresse, mais… Comment allait-elle pouvoir s'y prendre ? Bah, elle trouverait bien un moyen !

— Et quand nous serons à bord, ajouta-t-il, il n'y aura plus de questions.

Son premier mouvement fut de le dévisager avec stupeur, mais elle comprit vite d'où venait cette règle. Les gens comme lui devaient hélas organiser leur vie en tenant compte, à chaque instant, du harcèlement de la presse. Elle avait vu les unes des journaux se déchaîner, après la mort de son frère, pour mettre en cause les capacités du Prince Pirate à accéder au trône. Les portraits de Luca étaient peu flatteurs. Souvent, il était décrit comme un éternel adolescent, incapable d'assumer des responsabilités – encore moins en tant que chef d'État. Madlena était une minuscule principauté à la frontière italienne, mais assez opulente, connue pour ses palaces et ses banques d'affaires. Même Samia, qui n'était pas vraiment une spécialiste de ce sujet, savait qu'il aurait beaucoup de mal à restaurer sa réputation, à redresser son image. Était-elle en mesure de l'aider dans ce domaine ?

Elle n'eut pas besoin de réfléchir très longtemps pour déterminer la réponse : c'était non. L'influence très positive qu'elle avait eu la chance d'acquérir dans la presse s'était dissipée puis réduite à néant, quand elle avait accepté d'épouser le patron du groupe de médias auquel appartenait son magazine. Il avait usé de toutes les ruses existant en ce bas monde pour la contraindre à écrire ses mots à lui, à la place des siens… Après le suicide de sa mère, quand elle avait cru avoir touché le fond, il lui avait prouvé qu'il existait des sous-sols insoupçonnés, en menaçant de gâcher la vie de son père. Or, comme elle aurait fait n'importe quoi pour sauver son père du chagrin, eh bien… Oui. Elle avait fait n'importe quoi. Elle avait accepté l'inacceptable, et perdu sa réputation en tant que journaliste.

— Il faudra que vous ôtiez ces bottes, quand nous serons à bord, lança-t-il.

— Euh, oui. Naturellement !

Elle sourit. Elle lui était reconnaissante de l'extirper de ses sombres pensées.

Il avait rangé son appareil et cessé de faire les cent pas sur la plate-forme. Il se tenait face à la mer, près d'elle, si près que leurs mains posées sur la rambarde pourraient facilement se toucher… Grisée par la simple idée de ce contact, elle sentit une douce chaleur remonter en elle, tandis qu'un petit frisson l'électrifiait. Luca était tellement… masculin. Son parfum, où se mêlaient le vétiver et le musc, l'enivrait plus encore que si elle avait avalé une coupe de champagne. La présence de son grand corps musclé la troublait comme elle ne l'avait plus été depuis l'adolescence… Oui, c'était cela : elle avait l'impression d'avoir à nouveau quinze ans.

Pourtant, il y avait une différence. Quand elle songeait au sexe… Elle se mordit la lèvre. Non, tous les hommes n'étaient pas comme son ex. Tous les hommes ne transformaient pas l'acte d'amour avec leur femme en assaut brutal et sans plaisir. Avec Oliver, c'était si rapide, si douloureux qu'elle avait fini par redouter ces moments.

Luca n'était pas comme ça. Elle le sentait. Il exsudait l'érotisme. Il savait forcément se montrer habile, tendre, audacieux…

— Ah, enfin ! s'exclama-t-il.

Elle sursauta. Ravi, il se tourna vers elle et désigna

de l'index le fabuleux hors-bord acheminé vers la passerelle. Le « petit » bolide était long et fuselé, et sa coque assortie à celle de *Diamant noir*.

Eh bien, c'était l'instant T ! Il n'y avait plus qu'à se lancer. Courir un risque n'avait jamais été aussi bon ! Samia frémissait d'excitation. Après tout, pourquoi pas ? Le peu qu'elle savait du prince Luca Fortebracci lui donnait envie d'en connaître davantage.

Cette fois elle le laissa ramasser son sac à dos et le ranger. Puis, suivant son invitation, elle alla s'installer sur un petit siège, juste à l'arrière du poste de commande, pour le contempler, admirative, tandis qu'il contournait l'habitacle et se glissait au volant avec une souplesse de jaguar.

Dès qu'ils s'éloignèrent du port, elle se laissa fasciner par la discrétion du moteur et la stabilité de l'engin, fermant les yeux pour savourer le soleil et le vent marin sur son front.

C'était magique ! Elle partait en compagnie du Prince Pirate ! Profitant qu'il se concentrait sur ses premières manœuvres, elle consulta discrètement son smartphone et entra le nom de son compagnon dans son moteur de recherches. Diable ! Elle fut impressionnée par le nombre de fois où elle lut les mots « amant », « nouvelle conquête » et « séducteur » sur la liste de résultats. Cependant, elle nota aussi qu'il était réputé généreux et courtois, en dépit de son refus obstiné de s'engager ou de faire durer ses relations.

Ce qui retint son attention concernait un autre aspect de sa personnalité, moins relayé par les médias. Apparemment, il avait fondé sa propre société dans sa chambre, alors qu'il était adolescent, en misant sur les nouvelles technologies qu'il maîtrisait à merveille. Et dans son pays, une bonne partie de la population le regardait comme un héros à cause de son action militaire et de sa rectitude en tant que chef de troupes.

En dépit de la gloire et de la fortune, il avait l'air d'être un solitaire, et la personne qui avait le plus compté dans sa vie était sa grand-mère.

Comme il se tournait vers elle, elle rangea prestement son appareil.

— Prête ? demanda-t-il.

Elle lui retourna un regard ébahi.

— À quoi ?

Pour toute réponse, il se mit à rire et, une seconde plus tard, le hors-bord ayant quitté la zone de vigilance de la police, elle se sentit propulsée à une vitesse prodigieuse : le bateau se mit à foncer, et elle joignit son rire au sien.

— Vous n'avez pas trop peur, j'espère ? s'enquit-il. Sachez qu'un bateau sera à votre disposition au cas où vous changeriez d'avis, quand nous aborderons le yacht.

Elle lui fut très reconnaissante de sa prévenance. Car même si elle était follement enthousiaste à la perspective de vivre une aventure toute nouvelle, elle ne parvenait pas pour autant à faire taire son angoisse.

— Vous aurez un accès permanent au wi-fi, renchérit-il. Et si vous perdez la liaison, nous avons des téléphones satellites. Vous ne voulez pas appeler vos parents pour les rassurer ?

— Ma mère est morte, répondit-elle en regrettant aussitôt cet aveu.

Elle secoua la tête et ajouta :

— Excusez-moi. Je manque de tact.

— Pourquoi dites-vous cela ? Je suis vraiment navré de l'apprendre. Mes condoléances.

— Et les miennes pour vous, dit-elle.

On ne savait rien du décès du prince Pietro, sinon qu'il avait été « brutal ». Ce qui éveillait la curiosité de toute journaliste digne de ce titre – même une journaliste en congé sabbatique. Samia n'osa pas, néanmoins, poser la question des circonstances de but en blanc.

Le bateau semblait se piloter tout seul, maintenant qu'ils avaient quitté la baie. Luca arrima au sien un regard vibrant d'empathie. Elle en fut touchée.

— Comment vous a-t-elle quittée ? interrogea-t-il, comme s'il lisait en elle à livre ouvert.

Elle prit son inspiration avant d'avouer :

— Elle a elle-même mis fin à ses jours.

Elle avait préféré aller jusque-là plutôt que de subir l'humiliation de voir son époux traîné en justice. Au souvenir de cet effroyable moment, la vieille culpabilité qui ne la quittait jamais très longtemps revint la torturer. Aurait-elle pu faire mieux, et davantage, pour empêcher sa mère de commettre l'irréparable ? Une nouvelle question s'ajoutait maintenant à celle-ci. Luca faisait-il face à un démon de la même nature ?

— Nous avons en commun un deuil difficile, fit-il observer.

— Et un immense besoin de le surmonter, ajouta-t-elle.

Chaque jour, elle avait envie de retrouver le métier qu'elle adorait – et qu'elle avait si cruellement perdu. Sa chute avait été spectaculaire : aussi rapide que radicale. Du jour au lendemain, elle était passée du statut de l'éditorialiste suivie par des milliers de lecteurs, qui appréciaient son indépendance et sa neutralité dans la chronique des scandales politico-financiers, à celui de *has been*. Son ex lui avait volé sa voix afin de profiter de son audience pour vendre davantage de publicité. Les articles de Samia étaient devenus de fallacieux comptes rendus, livrés à charge – malhonnêtes et exempts de la déontologie la plus élémentaire. Son lectorat s'était immédiatement détourné de ses écrits. Lorsqu'elle avait menacé Oliver de rendre publiques ses scandaleuses manœuvres, il lui avait garanti qu'elle ne trouverait plus jamais un poste nulle part. Après leur divorce, il avait renouvelé sa promesse de la faire bannir de tous les titres de presse de Grande-Bretagne. Raison pour laquelle elle avait quitté Londres, sans rien d'autre que quelques vêtements dans un sac à dos et les vieilles bottes style hippie de sa mère. Elle avait besoin de se ressourcer ailleurs, de changer d'air et de trouver le moyen de rebondir, professionnellement.

— Accrochez-vous, prévint Luca avant d'augmenter encore la vitesse du hors-bord.

Comme par magie, ses idées noires s'envolèrent. Son cœur se remit à battre avec enthousiasme. Ravie, elle se retourna. La côte n'avait pas disparu, mais elle était déjà loin ! Adieu, Saint-Tropez, bonjour, l'aventure et la vie maritime !

— C'est fantastique ! s'écria-t-elle.

Elle commençait à comprendre la passion de Luca pour la navigation. Le ciel, d'un bleu profond, donnait une teinte argentée à la mer, tandis que le soleil miroitait de mille feux à sa surface. L'air était pur, et un nouveau chapitre de sa vie allait s'écrire – mais pour l'heure, la page était blanche, et Samia adorait cette sensation. Tout devenait possible !

— Vous allez devoir travailler dur, annonça son compagnon.

Il souriait, une lueur taquine dans les yeux.

— Je suis prête, affirma-t-elle en lui rendant son regard de défi.

Quelques minutes plus tard, comme le hors-bord approchait de la longue et imposante silhouette du yacht noir, Samia suivit la manœuvre de Luca en retenant son souffle.

Ils contournèrent le superbe vaisseau pour l'aborder par l'arrière. Une trappe s'ouvrit, et une passerelle se déplia électroniquement. Restait à s'arrimer. Tout l'art du pilote était requis au moment de franchir le dangereux interstice entre les deux appareils.

Samia retint son souffle… et applaudit avec entrain quand le hors-bord fut calé et immobilisé.

— Il n'y a pas de quoi vous émerveiller, s'esclaffa-t-il. Savez-vous combien de fois j'ai fait cela dans ma vie ?

— Non. Mais pour moi, c'est une première, rappela-t-elle.

Il l'aida à se hisser hors de son siège, et dès qu'elle sentit sa main se poser sur la sienne, sa température augmenta de plusieurs degrés. Une boule de feu se formait dans son bas-ventre, et elle avait la désagréable impression que ses seins tendaient son T-shirt.

Il la saisit par la taille pour la poser sur le sol. Son regard soudé au sien, il lança :

— Bienvenue à bord, Samia Smith.

6.

Profitant que les membres de son équipage souhaitaient à leur tour la bienvenue à la jeune femme, Luca consulta le dernier message électronique envoyé par son équipe d'assistants au palais. Les renseignements qu'il avait demandés au sujet de Samia seraient à sa disposition dans moins d'une heure, mais ce n'était pas le plus urgent pour lui. Ainsi qu'il en avait prié ses conseillers, il recevait point par point la réponse à ses questions.

« Une épouse accompagnant le nouveau souverain permettrait de faciliter le deuil et l'immense chagrin du pays après la disparition du prince Pietro.

La nouvelle du mariage du prince Luca réduirait au silence les mauvaises langues et servirait de gage à une nouvelle gouvernance sérieuse et prête à l'engagement.

Le nouveau prince gagnerait à arriver sur place avec son épouse. En recevant une bénédiction religieuse à la cathédrale, le couple princier donnerait lieu à une liesse publique bienvenue. »

Parfait. Il avait absolument besoin de prouver que le Prince Pirate avait changé. Il commencerait son règne dans un climat de confiance et après quelques années, quand Madlena aurait retrouvé la sérénité, il pourrait rendre sa liberté à son épouse, moyennant une confortable rente à vie. Bien sûr, s'il y avait des enfants, ils resteraient auprès de lui, à la principauté. Pas question de répéter l'erreur de son frère.

« La magie d'un mariage princier fonctionne à tous les coups. »

Certes, la conclusion révélait le cynisme de ce projet, mais Luca ne pouvait refuser ce petit sacrifice à son peuple. Sa vie personnelle ne lui appartenait plus – elle était vouée à ses sujets. Or ceux-ci ne le connaissaient qu'au travers de sa carrière militaire et des lieux communs colportés par les tabloïds. La confiance exigeait du temps. Il était prêt à tous les efforts requis pour la mériter, mais pourquoi se passer d'un petit coup de pouce au départ, puisque c'était possible ? Une femme intelligente, séduisante et venue d'un autre monde que celui des grandes familles d'Europe serait le meilleur des atouts. Il informerait Samia de son intention de l'épouser au moment voulu. En tout cas, elle était parfaite pour régler son problème ! Le fait que tout se déroule très vite ne créait pas le moindre doute dans son esprit. Samia serait forcément sur la même longueur d'onde que lui. Il parviendrait sans peine à la convaincre de tous les avantages qu'elle gagnerait à devenir sa femme.

Il parcourut en diagonale le reste du message, où on lui livrait des conseils d'un autre âge pour demander la main d'une femme. Un descriptif détaillé de la cérémonie serait fourni dans la boîte rouge, avec la fiche de renseignements concernant l'Anglaise.

« Si Son Altesse trouve le temps de consulter les biographies et les photos des diverses princesses dignes de Son attention, documents que nous avons ajoutés à la boîte rouge de ce jour, afin qu'Elle puisse rendre Sa décision, nous ne manquerons pas d'accélérer les procédures et de lui faire envoyer Sa promise par vedette afin qu'Elle puisse la courtiser dans les délais les plus brefs. »

Sa *promise* ? Il ne put réprimer un sourire en relevant la tête vers Samia. Que dirait-elle si elle savait qu'elle aurait pu lui être livrée *par vedette*, afin que le prince *la courtise dans les délais les plus brefs* ? Quoi qu'il en soit, il n'avait aucune intention de perdre son temps avec les princesses décrites dans la boîte rouge, et préféra en informer immédiatement ses assistants par texto.

« Nul besoin de princesses. J'ai déjà quelqu'un en tête. »

Un fabuleux défi l'attendait, qui valait les héritières de tous les royaumes du monde. Un défi à la chevelure et au tempérament de feu, dont le regard vert émeraude n'était pas près de cesser de le fasciner.

C'était trop. Trop luxueux, trop féerique... Trop beau pour être honnête. Samia venait de recevoir les salutations de plusieurs officiers de bord, et d'arpenter toute la longueur du pont, admirant ses bois précieux et son extraordinaire confort, devinant des équipements à la pointe de la modernité. Quant au mobilier extérieur – les chaises longues et les tables, les fauteuils des alcôves *lounge* —, il semblait tout droit sorti de la première classe du *Titanic*... Elle se mordit la lèvre en songeant que cette référence ne portait probablement pas chance, en mer, mais seul le faste du paquebot mythique pouvait servir de comparaison à la flamboyance de *Diamant noir* !

Devait-elle se méfier ? Avait-elle commis une grave erreur en s'embarquant avec un parfait inconnu, sans même savoir quel travail il lui confiait ? Pire : *sans contrat*, sans avoir la certitude qu'elle était bel et bien engagée ?

Un frisson glacé lui parcourut l'échine, et elle éprouva le besoin urgent d'être rassurée. Repérant Luca qui discutait avec l'un de ses hommes, elle se dirigea vers lui d'un pas guerrier et les interrompit.

— Excusez-moi de vous déranger mais pourriez-vous me présenter au commissaire de bord ?

D'un geste du menton, Luca fit signe au steward de les laisser et reporta son attention sur elle.

— Ou à la personne qui se charge des recrutements ? reprit-elle d'un ton pressant.

— Pourquoi ? Vous êtes recrutée, répliqua-t-il.

— En tant que quoi ?

Visiblement indifférent à ce détail, il haussa les épaules.

— Homme à tout faire, dit-il en souriant. Vous devrez accepter toutes les tâches que je vous assignerai.

Très amusant. Mais Samia n'avait pas envie de rire.

— Non, je regrette. J'ai besoin de termes précis.

— Pas maintenant, conclut-il avec fermeté.

Elle prit une longue inspiration.

Bon. Était-elle une fillette ? Non. Elle était adulte, et elle avait un téléphone pour appeler à l'aide, si besoin. Il fallait qu'elle se calme, qu'elle essaie de voir les choses du point de vue de Luca, et non strictement du sien. La boutade « homme à tout faire » signifiait qu'il n'avait pas encore trouvé une fonction précise pour elle... Parce qu'il s'était consacré à plus urgent, sans doute. Et alors ? Quoi de plus normal ? Il avait déjà une équipe sous ses ordres, et elle n'était pas le centre de son univers !

Elle observa les gens qui travaillaient sur le yacht. Ils n'échangeaient ni moues agacées ni regards entendus. Aucun d'eux ne lorgnait vers le « patron » avec une petite grimace – quelque chose qui trahirait un trait de personnalité inquiétant chez Luca. Au contraire, ils avaient l'air sérieux et satisfaits. À vrai dire, ils étaient concentrés à leur ouvrage : exactement comme les cadres d'une entreprise prospère.

— Bon, d'accord. Mais quand ? s'enquit-elle d'un ton radouci.

— Après le dîner ? suggéra-t-il.

Il la fixa, fronça les sourcils et enchaîna :

— Qu'est-ce qui vous arrive ? Vous tremblez ?

Zut. Son trouble était donc tellement évident ? Il se rendait compte qu'il produisait sur elle toute sorte d'effets… électrisants ?

S'efforçant d'ignorer le feu qui lui montait aux joues, elle afficha un sourire innocent.

— C'est juste la brise qui s'est levée, mentit-elle. Je devrais sans doute aller visiter mes quartiers, non ? À quel étage, s'il vous plaît ?

Il lui adressa un regard moqueur qui la fit encore frissonner.

— C'est un yacht, rappela-t-il. Pas un de vos buildings flottants.

— Oui, et il est superbe, marmonna-t-elle, sachant qu'elle était devenue écarlate.

Il allait falloir qu'elle apprenne à maîtriser son corps en présence de cet homme, songea-t-elle. Car elle avait l'impression très nette de ne plus en être le capitaine.

Au cours de l'heure qui s'écoula, Samia resta étonnamment silencieuse. Elle contemplait la mer en souriant, hypnotisée par le large, ou caressait d'une main timide les bastingages. Luca lui fut reconnaissant de sa discrétion, tandis qu'il réglait plusieurs points de navigation avec ses hommes. Il n'avait pas pour habitude d'embarquer sur *Diamant noir* une femme rencontrée une heure auparavant.

Enfin, il l'emmena faire le tour du navire, et la pétulante Samia réapparut, enthousiaste et admirative, excitée comme une petite fille devant chaque détail de l'aménagement. C'était si rafraîchissant ! Il ne se lassait pas de voir ses grands yeux verts s'agrandir de joie ou d'étonnement. Chaque fois qu'elle souriait, il sentait quelque chose se réveiller dans sa cage thoracique et l'inonder de chaleur. La plupart des gens qu'il invitait à bord avaient déjà vu cent yachts dans leur vie, navigué sur les mers les plus exotiques. Ils étaient blasés, revenus de tout – insensibles à la beauté. Raison pour laquelle il se lassait lui-même très vite des femmes avec lesquelles il passait quelques nuits.

Depuis quand n'avait-il pas lu tant d'innocence, tant de candeur sur un visage ? Et tant de sincérité ? Car elle ne prenait pas de gants, contrairement à toutes les personnes qui peuplaient son entourage depuis sa naissance. Elle disait haut et fort ce qui lui plaisait et ce qui ne lui plaisait pas. Un trait de personnalité hautement séduisant...

— Dites-moi, je suppose que des armées de designers et de stylistes ont travaillé sur la décoration pendant des mois ? demanda-t-elle tandis qu'ils traversaient le grand salon.

— Il a fallu des années de travail préparatoire, acquiesça-t-il en jetant un coup d'œil à ses pieds nus.

Elle avait ôté ses bottes et, de toute évidence, son sac à dos ne contenait pas ce dont elle aurait eu besoin pour se chausser à bord... Ce qui n'était pas un problème, se rappela-t-il en songeant à la surprise qu'il allait lui faire.

— C'est un peu fade à mon goût, avoua-t-elle.

— Fade ? répéta-t-il, stupéfait par cette critique.

— Ma foi, oui. Ces dégradés de beiges et de gris taupe... C'est un peu dépassé, vous ne trouvez pas ? J'aime les couleurs plus vives.

— Sur un bateau noir ?

— Oui, pourquoi pas ? rétorqua-t-elle.

Tiens donc. Le décor de sa suite personnelle ne lui déplairait donc pas ! Il n'avait jamais vraiment prêté attention aux teintes des pièces communes, mais maintenant qu'il les voyait par son regard, il devait tomber d'accord avec elle. En effet, c'était un peu trop sage – cela manquait de *caractère*.

Pendant qu'elle se hissait sur la pointe des pieds pour regarder une carte ancienne, encadrée sur un mur, il ne put s'empêcher d'admirer la finesse de ses chevilles et la délicatesse de ses petits orteils aux ongles vernis de rose. Les épingles de son chignon retenaient de plus en plus mal la masse couleur de feu de sa crinière, à mesure que la journée filait. De même qu'il réprimait de plus en plus mal son désir d'y plonger ses doigts.

— Alors ? Vos premières impressions ? s'enquit-il dès qu'ils eurent fini d'arpenter les pièces communes.

Elle lui retourna un regard pétillant de mystère.

— Vous êtes le maître de ce vaisseau du premier au dernier détail de son aménagement. Et *Diamant noir* est un jouet de milliardaire.

— Quoi ? Ce yacht est un fabuleux joyau de navigation moderne, pas un joujou !

— Vous m'avez demandé mon opinion.

Et elle la lui avait donnée, songea-t-il, irrité. Sans ménagement.

— Vous pourriez peut-être rédiger un rapport de vos remarques et critiques, suggéra-t-il avec cynisme.

— Vraiment ? Cela vous intéresserait ?

Oh ! non, il ne manquait plus que cela ! Elle le prenait au pied de la lettre.

— Bah, après tout, oui. Pourquoi pas ? soupira-t-il.

— J'ai gâché beaucoup trop de temps à me taire par le passé, expliqua-t-elle, comme si elle devinait enfin sa contrariété. C'est une erreur que je n'ai plus l'intention de commettre, alors je décris ce que je vois selon ma sensibilité, et si vous souhaitez que j'en fasse un rapport pour vous, dans le cadre d'une future révision de la déco de *Diamant noir*, je me plierai volontiers à l'exercice.

— Bon, d'accord.

L'information qu'elle venait de lui livrer lui donnait envie d'en savoir plus. Comment une femme comme elle avait-elle été réduite au silence ? Samia était un défi permanent, et cela le confortait dans son choix. Elle serait l'épouse idéale.

— Merci pour la leçon, ajouta-t-il sur un ton sarcastique. Je comprends mieux moi-même pourquoi j'aime tant naviguer.

— Parce que le bateau ne répond pas ? s'esclaffa-t-elle.

— Exactement.

Leurs regards restèrent arrimés l'un à l'autre durant une seconde si brûlante qu'il sentit son entrejambe devenir douloureux.

— Vous ne deviez pas me montrer mes quartiers ? lâcha-t-elle.

Sa voix était un peu éraillée. Elle avait ressenti ce courant électrique, elle aussi.

Un moment plus tard, après l'avoir conduite dans un dédale de couloirs, il lui ouvrit la porte de la suite qu'il lui réservait. Enfin, elle poussa les exclamations enthousiastes qu'il avait tant attendues.

— Oh ! mon Dieu ! C'est magnifique ! Je n'ai jamais rien vu de plus beau !

— C'est mon frère qui a signé l'ensemble de cette décoration, dit-il d'une voix vibrante de fierté.

Il se rappela l'insistance de Pietro à concevoir cet espace pour les invités, et sa réplique hilare, car il ne comptait inviter personne sur *Diamant noir*. « Mauvaise idée. Tu ne devrais pas t'enfermer dans la solitude, Luca. Ce n'est pas bon pour toi », avait répliqué son aîné.

L'imagination et le talent de Pietro étaient là, désormais : dans la vibrance des tapis colorés, dans les motifs abstraits et sophistiqués des frises murales répondant à la sobriété des murs aux patines chaleureuses. Le lit à baldaquin, couvert de coussins en soie et en voile de coton, faisait face à un grand hublot.

— Votre frère avait un goût très sûr, observa-t-elle,

visiblement fascinée, devant une petite collection d'estampes anciennes d'officiers marins.

Luca approuva d'un hochement de tête.

— Il avait une passion pour l'histoire et pour le design. Il aurait adoré en faire son métier, s'il n'avait pas été prince.

— Mais, être prince… c'est *faire* l'histoire, non ? répliqua-t-elle.

— Pietro ne voyait pas les choses sous cet angle. Il aurait préféré une vie paisible, loin des feux des projecteurs. Son rêve aurait été de créer des décors de théâtre et de cinéma.

Il se rappela leurs jeux d'enfants, et la passion de son frère pour leurs petites comédies de cape et d'épée. Ils passaient des heures à se déguiser et à apprendre leur texte, pour donner une modeste représentation à leur grand-mère, chaque dimanche. Naturellement, leur *nonna* était très bon public et les applaudissait à s'en faire mal aux mains.

— Oui, une vie paisible, répéta-t-il sombrement. C'était tout ce qu'il demandait. Et c'était impossible…

Lentement, la jeune femme se dirigea vers lui. Elle le toisa d'un œil inquiet et s'enquit :

— Ça va ? Vous vous sentez bien ?

Il serra les poings dans son dos, afficha un sourire et confirma :

— Oui, merci.

— Je suis très admirative du style de votre frère, déclara-t-elle. Il avait un œil exceptionnel.

— C'était un homme remarquable, renchérit-il.

— Et vous l'adoriez… Cela se lit sur votre visage. Je suis certaine que le prince Pietro vous aimait beaucoup, vous aussi.

Comme il sentait l'émotion lui piquer les yeux, il désigna le pont à travers le hublot et précisa :

— Il y a une piscine, vous savez. Deux, en fait. N'hésitez pas à aller y faire un plongeon.

— Oh… Je n'ai pas de maillot.

— Vous en trouverez toute une collection dans votre dressing. Servez-vous. Ils n'ont jamais été utilisés. Il y en aura forcément un à votre taille.

— Mais…

Comme elle semblait hésiter, il l'invita à le suivre dans la pièce attenante.

— Voilà, dit-il avec un sourire malicieux, désignant les innombrables placards et tiroirs du dressing en chêne clair. Des centaines de vêtements sont rangées ici. Rendez-moi service et portez-les : pour le moment, ils n'ont pas servi, et je n'aime pas le gâchis.

Il avait du mal à ne pas l'imaginer dans l'une des fabuleuses robes du soir dont il avait garni cette suite, au baptême de *Diamant noir*, afin que ses invités conservent un souvenir émerveillé de leur croisière. Luca avait ainsi passé une commande délirante aux plus grands créateurs italiens. Le dressing contenait, en sus, les achats frénétiques de quelques aristocrates, qui n'avaient pu s'empêcher de vider leur portefeuille à chaque escale, sans voir l'intérêt, ensuite, de rapporter leurs emplettes chez eux. En fin de compte, cet endroit contenait un vrai trésor.

Samia le regarda avec de grands yeux éberlués.

— Vraiment ? Je peux porter tout ce que je trouverai là-dedans ? C'est le dressing de l'équipage ?

Elle semblait tout excitée… Et pleine d'appréhension.

— Bien sûr que non ! répliqua-t-il en riant.

— C'est vraiment généreux de votre part… Merci. J'ai toujours adoré me déguiser. Quand j'étais petite, j'empruntais à ma mère toute sa garde-robe, et comme cela ne me suffisait pas, je portais même les nappes ! s'esclaffa-t-elle.

Il sourit. Cette femme serait toujours elle-même. Naturelle et directe. Il aimait cela. Le peuple de Madlena aimerait cela aussi… Beaucoup ! Or il n'épouserait pas Samia Smith pour se faire plaisir. C'était un mariage politique, il ne l'oubliait pas. Rien d'autre qu'une union de convenance pour instaurer la confiance dès le début de son règne.

7.

— Où se trouvent vos appartements ? demanda Samia, comme Luca s'apprêtait à quitter la suite que son frère avait décorée.

— Au bout du couloir, du même côté que la vôtre. Alors si vous avez besoin de quoi que ce soit…

— La *mienne* ? répéta-t-elle sans comprendre.

Il lui décocha un regard consterné, à l'instar de celui d'un instituteur à son élève, après avoir expliqué trois fois le problème à résoudre.

— Vous ne voulez pas dire que…

Elle balaya les lieux du regard et resta un instant bouche bée avant d'enchaîner :

— Sérieusement ? C'est *ici* que je vais loger ?

Il secoua lentement la tête.

— Cela ne vous convient pas ?

— Mais…

— Prenez une douche et détendez-vous un peu pendant que vous en avez encore le temps, conseilla-t-il.

Samia ne sut comment interpréter cette phrase. Comptait-il lui faire nettoyer le pont durant la nuit ?

— Dernière chance de retourner à Saint-Tropez, ajouta-t-il. Vous avez changé d'avis ? Vous préférez qu'on vous ramène au port ?

— Euh, non. Mais je n'avais pas compris que nous étions prêts à partir.

— Je n'ai pas fait mystère de mon désir de lever l'ancre. En effet, nous allons bientôt démarrer. Alors : vous avez bien réfléchi ?

Elle s'accorda une seconde de réflexion avant de répliquer :

— Oui. Je reste.

Pas question de faire machine arrière maintenant… Même si elle ne savait toujours pas quel poste elle allait occuper. Au fond, pourquoi est-ce que cela la tracassait tellement ? Qu'avait-elle à redouter ? Qu'il se jette sur elle ? Aucune chance. Le prochain souverain de Madlena n'avait que faire d'une petite roturière de son espèce. Et puis, à aucun moment il n'avait eu l'air d'avoir envie de la séduire… Non, c'était une fausse piste. Les sirènes du Prince Pirate appartenaient à la jet-set.

Il paraissait tout aussi peu probable qu'il l'enchaîne à fond de cale pour la vendre sur un marché exotique. Ou qu'il exige qu'elle nettoie l'ensemble du yacht à raison de quinze heures de labeur par jour. De quoi avait-elle peur, alors ? Elle n'avait pas du tout envie d'affronter cette question… Elle verrait plus tard. En ce moment, Luca la considérait avec une satisfaction visible.

— C'est vrai ? insista-t-il. Vous êtes contente de m'avoir rejoint ici ?

— Bien sûr, affirma-t-elle. Mais je tiens absolument à me rendre utile. Sinon, comment pourrais-je payer le voyage ?

— Ne vous inquiétez pas. Je suis sûr de vous trouver quelque chose à faire. Mais pour le moment, je vous laisse. Le dîner sera servi à 20 heures précises. Ce sera formel. Tenue correcte exigée.

— Formidable ! Nous aurons l'occasion de parler de mon poste à bord, et cela me laissera le temps de rédiger mon rapport. Je vous le remettrai tout à l'heure.

Il la dévisagea avec perplexité.

— Mon rapport au sujet de l'aménagement et de la décoration ? rappela-t-elle.

— Ah ! oui. Naturellement.

Il s'était moqué d'elle, réalisa-t-elle soudain. Il se fichait complètement de savoir ce qu'elle proposait pour rendre un peu de personnalité aux salles de bord. Rien d'étonnant à ce qu'il soit si seul… Il n'avait pas l'habitude d'accorder beaucoup d'importance aux autres, pensa-t-elle.

— Pour ce soir, conclut-il en posant la main sur la poignée de la porte, votre unique mission consiste à arriver sur le pont à l'heure. Le chef ne tolère aucun retard, et moi non plus.

— C'est noté, capitaine, répondit-elle en riant.

Samia ne parvenait pas à croire qu'elle était en train de prendre un bain dans une baignoire aux dimensions extravagantes, au cœur d'une salle de bains en marbre rose aussi vaste que sa chambre à Londres. La mousse généreuse caressait sa nuque, et le parfum de miel et de lavande de la crème de bain la berçait. Quel luxe ! Quelle volupté ! Elle n'était pas habituée à être traitée ainsi – et elle redoutait d'y prendre goût très vite.

Qu'est-ce que cela ferait de vivre tous les jours dans ce faste ? Hum. Sans doute était-il beaucoup plus délicieux d'y rêver que d'en faire l'expérience. Elle n'avait pas oublié qu'après une enfance dorée, elle avait connu les vaches maigres. Sa mère avait tenté à tout prix de préserver les apparences, mais son père, joueur compulsif et pathologique, perdait l'argent qu'il leur restait sur les tables de poker ou les tapis verts des casinos. Or sa mère était démunie pour affronter le déclassement. Elle appartenait à une autre époque, une autre génération – elle avait été dépendante de son père, puis de son mari : de leur argent et du confort qui allait avec. Samia, en revanche, avait su réagir et s'adapter. Elle était jeune et, contrairement à ses parents, elle n'avait pas baigné dans le luxe assez longtemps pour en être prisonnière. Elle devait avoir six ou sept ans lorsqu'elle avait compris que la fortune familiale se fissurait. Les semelles trouées des chaussures hors de prix de son père, le réfrigérateur vide, l'absence de livres neufs dans la bibliothèque… Certains détails ne trompaient pas. Dans un premier temps, la mère de Samia avait fait comme si de rien n'était, préparant sa fille à pénétrer dans un monde de privilèges qu'elle ne connaîtrait jamais – avant aujourd'hui.

Elle sourit. Oh oui, sa mère aurait adoré la savoir ici, pensa-t-elle en soufflant sur les bulles. Sa nostalgie fit place à la douleur. Elle se revit, décachetant la lettre d'adieu… Sa pauvre maman lui avait écrit que Samia vivrait mieux sans elle, et elle lui demandait pardon.

Du bout des doigts, elle écrivit « Maman » dans la mousse. Samia passerait le reste de sa vie à regretter qu'elles n'aient pas davantage parlé, toutes les deux.

Fermant les yeux, elle laissa échapper un long soupir. Les apparences étaient souvent trompeuses. Même cette rencontre fortuite avec Luca n'était pas ce à quoi elle s'attendait au début. Le touriste à l'esprit vif et au charme fou était devenu un prince. Un soldat davantage qu'un personnage de conte de fées. Un homme contrasté, énigmatique, solitaire… qui avait adoré son frère aîné. Le propriétaire du plus grand yacht du monde irradiait de glamour, et pourtant, impossible de le réduire à sa qualité de prince ou de pirate.

Avec lui, elle se sentait étrangement à l'abri. Sa généreuse invitation lui permettait d'entamer ce nouveau chapitre de sa vie avec panache. Elle avait envie de lui renvoyer l'ascenseur. Certes, elle ne savait pas encore comment, mais elle voulait l'aider à surmonter le deuil qui le rongeait de l'intérieur : parfois, il était plus facile à un inconnu de voir clair sur la situation, et elle ne doutait pas que le peuple de Madlena aurait besoin d'un souverain fort, après la mort brutale du précédent. Si Luca restait l'otage de son passé, il ne serait pas apte à relever le défi.

Ce qui valait pour elle aussi, pensa-t-elle. Comment aider quelqu'un d'autre alors qu'elle n'avait plus ni travail ni logement, et qu'elle était poursuivie par les foudres d'un ex-mari enragé ? A posteriori, elle voyait bien pourquoi il l'avait épousée : d'une part à cause de l'influence de son éditorial quotidien, de l'autre pour les terres que son père possédait en Écosse, et dont il entendait faire un terrain de golf.

Elle n'aurait jamais dû s'engager dans ce mariage… À l'époque, elle ne savait plus comment aider ses parents. Et au début, Oliver s'était montré si prévenant ! Un vrai gentleman. Il avait payé les dettes de son père et offert à sa mère de ravissants accessoires de mode siglés des plus grands couturiers de Londres. Plus tard, lors de l'un de ses fréquents accès de rage et de violence, elle avait compris qu'il se servait d'elle. Le chantage avait commencé : si elle ne le laissait pas transformer son éditorial et le corrompre, Oliver lui appliquant la couleur politique qui servait ses intérêts publicitaires, il se vengerait sur son père. Lorsqu'elle s'était rebellée, il avait fait accuser son père d'évasion fiscale, et des comptes mystérieux étaient soudain apparus dans la comptabilité du malheureux. Croyant que l'argent qu'elle dépensait sans compter avait été détourné, sa mère avait sombré dans une profonde dépression nerveuse, tandis que le père de Samia, pétrifié de stupeur, ne savait se défendre à son procès.

Oui, elle était titulaire d'un pedigree digne des princesses de conte de fées, songea-t-elle, aigre-douce, en attrapant une serviette pour s'y envelopper. Après tout, quelle importance ? Luca n'était plus l'homme charmant et ordinaire qu'elle croyait avoir rencontré dans une brasserie très chic, mais un prince dirigeant son yacht, le plus célèbre du monde, en direction de son royaume. Difficile de comprendre quel rôle lui était assigné dans ce scénario.

Après avoir peigné son épaisse chevelure, adoucie par le masque à la lavande, elle alla se planter au milieu du fameux dressing et ouvrit au hasard un premier tiroir.

Émerveillée, elle contempla les réserves de maquillage neuf. En coffrets de velours ou en sachets de cellophane, pinceaux, crayons, poudres, mascara, rouges en bâtons et en version liquide, palettes et houppettes s'offraient à son regard, déclinés dans toutes les tailles ou teintes de la Création. Plus rapidement, elle ouvrit d'autres tiroirs. L'un ne contenait que des foulards. Un autre des pochettes : en soie, en cuir, en lamé, en bois laqué. Dans la réserve aux maillots de bain, elle trouva au moins quatre bikinis et deux une-pièces à sa taille. À quoi servait cette caverne d'Ali Baba ? Qui avait besoin de tant de choses ?

De plus en plus médusée, elle fit l'inventaire de la garde-robe proprement dite et constata que la majorité des pièces était exactement à sa taille. Elle eut le vertige, en passant en revue les débardeurs en soie sauvage issus de collections de haute couture parisienne, les petits pulls italiens en cachemire ou en coton de luxe, les jupes – portefeuille, crayon, à volants, jupons légers et kilts de laine, formes moulantes et évasées, fendues, longueur genou, cheville, minijupe…

D'une main tremblante, elle caressa quelques-unes de ces étoffes de luxe. Tout était beau, de bon goût, élégant sans ostentation. La personne qui avait composé ce dressing était experte dans l'association des couleurs et des coupes. Nul doute que cet as de la mode était une ancienne maîtresse de Luca.

C'était embarrassant. Elle n'aimait guère l'idée de porter

les vêtements d'une autre. En même temps, Luca avait bien spécifié que tout était neuf. Alors que conclure ?

Hum. « Tenue formelle exigée ». Cela, au moins, c'était clair et précis. Un dîner formel. Son sac à dos contenait ce qui lui restait de plus précieux maintenant qu'elle n'avait plus de chez-elle, ainsi que les affaires indispensables à son voyage. Ses livres de chevet, une enveloppe de photos personnelles, des carnets de notes, des sous-vêtements, le maillot de bain qu'elle avait déchiré à sa troisième baignade à Saint-Tropez – mais conservé dans l'espoir de trouver une couturière capable de remplacer une bretelle. Hormis le short et le T-shirt qu'elle portait aujourd'hui, elle possédait un jean, un pantalon en toile, un gros pull et deux débardeurs. Autrement dit, rien qui convienne à une soirée habillée !

« C'est ridicule. Faire des façons quand on vous propose de choisir une tenue dans cette malle au trésor ! » pensa-t-elle en envoyant valser ses scrupules pour se concentrer sur le nouveau problème : que choisir ?

Luca était grand, il était doté d'une solide carrure, et il aurait belle allure dans n'importe quel costume. Même en bermuda, il était beau comme un prince. Elle avait vu quelques photos de lui en uniforme militaire et, à ce simple souvenir, elle sentit une onde la transpercer, sensuelle et tentatrice.

Pas question de se laisser aller à rêvasser ! Mais elle avait envie de lui plaire… N'ayant pas l'habitude de s'habiller de façon sophistiquée, elle consacra un long moment à associer diverses pièces. Hélas, l'exercice se révélait plus complexe qu'un puzzle. Il fallait tenir compte d'une foule de paramètres. Il ne fallait pas avoir l'air trop timide. En même temps, elle ne voulait pas lui laisser supposer qu'elle voulait le vamper.

Elle hésita longuement entre une ravissante robe noire, flatteuse pour sa silhouette, et un ensemble déstructuré en soie grège avant d'avoir un coup de foudre pour une robe du soir d'un vert profond.

Sans être plongeant, le décolleté était beaucoup moins sage que ce qu'elle avait l'habitude de porter. La jupe tombait juste au niveau du genou, et Samia virevolta plusieurs fois devant le miroir, enchantée de ce choix. De petits cristaux brodés sur le voile de soie illuminaient cette robe de rêve, qu'elle n'aurait jamais pu se payer avec son salaire, ni même avec la somme que son ex avait dû lui verser, lors du divorce. Il n'en restait presque rien : l'ayant privée d'emploi, il l'avait contrainte à vivre sur ses réserves… jusqu'à épuisement de celles-ci. Samia avait désormais épuisé sa pelote. Elle en était à ce moment très étrange de sa vie où elle ne possédait plus rien, et où tout était encore possible – elle voulait le croire. Oliver lui avait juré qu'elle ne trouverait plus un poste dans la presse, mais… elle n'avait pas dit son dernier mot. Luca lui offrait une chance de repartir du bon pied.

Durant une demi-heure, elle s'appliqua à se coiffer et à se maquiller – opérations auxquelles elle consacrait bien trop peu de temps depuis qu'elle ne travaillait plus. Pour son propre étonnement, elle éprouva beaucoup de plaisir à renouer avec les gestes de la féminité. Ayant trouvé une immense trousse d'accessoires à cheveux, elle se contenta d'attacher ses longues boucles avec une fine barrette en nacre.

Le seul placard ne contenant que l'essentiel était celui des chaussures. Espadrilles, claquettes, mules en cuir et en tissu : on avait songé au confort à bord, rien d'autre. Samia enfila des mules à petits talons, couleur fauve, aux lanières de cuir torsadées : sobres et élégantes.

Puis, elle vérifia l'heure à la pendulette de sa table de chevet. Il était 19 h 50 et elle n'avait pas vu le temps filer.

Après la douche fraîche qui n'avait guère réussi à apaiser sa libido enflammée, Luca se sécha, se lava les dents et se rasa. Il enfila un jean et un T-shirt propres. De l'autre côté du navire, dans son bureau, la boîte rouge l'attendait. Mais la perspective d'une vie entière à ouvrir une boîte rouge *chaque jour, sans exception*, le décourageait. Bah, il pourrait s'occuper de cela plus tard, quand il reviendrait dans sa cabine pour s'habiller, avant le dîner, décida-t-il. Il devait d'abord parer à quelque chose d'urgent.

Quittant sa suite, il remonta sur le pont afin de donner de nouvelles instructions. *Diamant noir* ne prendrait pas tout de suite la direction de Madlena. Le navire ferait d'abord escale dans une charmante petite ville côtière en Italie, Portofino, où il irait s'entretenir avec ses avocats afin que tous les aspects du contrat de mariage soient abordés, prévus, verrouillés. Naturellement, Samia aurait l'obligation de signer ce document… ainsi qu'un autre, rendu nécessaire, à cause d'elle. Luca ne laisserait rien au hasard, et il avait la ferme intention de protéger jalousement Madlena de toute éventuelle tentative de déstabilisation. À cette époque de l'année, en pleine saison estivale, la célèbre fête foraine de Portofino attirait les touristes chaque soir et lui servirait d'appât… Dès qu'ils auraient réglé les aspects formels de leur accord, Samia pourrait enfin se détendre et ils apprendraient à se connaître, afin d'apparaître heureux et détendus aux yeux de ses sujets, à Madlena.

Après avoir donné le nouvel itinéraire à ses hommes, il se résolut à descendre dans son bureau. Il s'installa à sa table de travail, prit la clé de sécurité de la fameuse boîte rouge dans sa poche et l'ouvrit. Le dossier concernant Samia s'y trouvait. Il ouvrit la chemise devant lui et lâcha un juron : son téléphone sonna. L'appel provenant du palais, il le prit. Le deuxième secrétaire de son futur cabinet souhaitait seulement revoir avec lui certains détails concernant le prochain mariage de Luca – avec une femme qui ne se doutait nullement de ses intentions envers elle.

Visiblement accoutumé au formalisme très strict qu'aimait à entretenir Pietro, l'homme s'enquit prudemment :

— Vous avez bien une fiancée, Votre Altesse ? Car vous ne nous avez encore transmis aucun nom.

— En effet. La discrétion est toujours de mise en ces circonstances. Et je ne veux pas que la dame en question soit harcelée par la presse. Mais soyez rassuré : ma fiancée existe.

Après quelques politesses d'usage, il coupa la communication et referma la chemise du dossier de Samia.

8.

Luca n'avait aucune envie de s'y plonger maintenant. Ni le besoin. Mieux valait apprendre à connaître Samia Smith sans être influencé par un rapport.

Le dîner de ce soir était censé agir comme un prologue agréable à leur séjour à Portofino. Une fois qu'ils seraient sur place, le lendemain, elle aurait eu tout le temps de réfléchir à son offre. Elle pourrait même, si elle le souhaitait à tout prix, proposer quelques aménagements à leur contrat – il ne doutait pas qu'elle serait raisonnable à ce propos, et qu'elle comprendrait que la raison d'État exigeait de sa part quelques efforts. De toute façon, il préférait qu'elle exprime ses réserves sur-le-champ. Étant donné le caractère entier de la demoiselle, Luca était confiant. Elle lui dirait franchement ce qu'elle aurait sur le cœur. L'essentiel, l'atout majeur pour que cette entreprise réussisse, c'était d'éviter toute mauvaise surprise.

Ce fut seulement plus tard, dans son dressing, tandis qu'il ajustait son nœud de cravate, qu'il changea d'avis. Maudissant le morceau de tissu qu'il avait encore échoué à nouer convenablement, il le laissa pendre sur sa chemise. Puis, avec humeur, il jeta la cravate et renonça au smoking. C'était excessif. Il garda sa belle chemise blanche mais enfila un jean brut et glissa une main dans ses cheveux pour les discipliner – seule concession à l'art de la coiffure qu'il était prêt à faire. Enfin, jetant un coup d'œil à sa montre, il put constater qu'il disposait de vingt minutes avant d'aller dîner : exactement le temps qu'il fallait pour lire ce qui concernait Samia. Aussi, finalement, se rendit-il à son bureau.

Samia se sentait merveilleusement bien. Elle avait un peu redouté de souffrir du mal de mer, mais sur un tel yacht, c'était aussi inconcevable qu'au cœur d'un grand restaurant de Londres. Sa robe ondulait avec légèreté sur ses hanches, la brise soulevait ses cheveux, l'air était tiède et le soleil allait bientôt se coucher. Quelle chance incroyable que de vivre une telle aventure !

Sur la terrasse principale du pont, elle vit une table dressée pour Luca et elle. Chandeliers anciens, couverts en argent, verres en cristal, nappe amidonnée... Chaque détail correspondait au luxe d'un palais. Quoi de plus étonnant ? Elle dînait en tête à tête avec un prince !

Son cœur battait joyeusement dans sa poitrine, et elle se sentait rayonner de l'intérieur. Elle avait l'impression d'être dans un film, une réinterprétation de *Cendrillon* sur un bateau.

— Bonsoir, lança-t-elle en rougissant.

Dès qu'il l'avait aperçue, il s'était immobilisé. Debout devant la table du dîner, il la contemplait – ou plutôt, il la dévorait d'un regard de braise. Samia sentit aussitôt sa température grimper de plusieurs degrés. Des frissons coururent sur ses bras nus, tandis qu'elle s'avançait vers cet homme plus séduisant que jamais. Sa chemise blanche faisait ressortir son teint méditerranéen et les reflets mordorés de ses cheveux. Son regard avait pris une teinte de miel, et elle était hypnotisée.

— Bonsoir, répondit-il.

Oh oh. Il y avait un accent glacial dans sa voix, et elle se raidit sensiblement. Quelque chose le contrariait.

— J'ai l'impression d'avoir reçu une pincée de poudre

magique sur la tête, avoua-t-elle en parvenant près de lui. Tout est fantastique, ici.

Le visage de Luca restait impassible, mais Samia avait de la bonne humeur pour deux : elle saurait lui faire oublier ses désagréments de la journée, se promit-elle.

— Quelle soirée exquise ! enchaîna-t-elle. Le coucher du soleil va être spectaculaire et je suis sûre qu'on voit les étoiles comme nulle part ailleurs, depuis la mer. J'ai l'impression d'avoir gagné le gros lot : avoir une place sur votre yacht, c'est extraordinaire. C'est incroyable comme il est rapide et stable… Il fend l'océan, n'est-ce pas ?

— Comme un couteau dans du beurre ? répliqua-t-il sèchement.

— Voilà, c'est ça.

Rien ne pourrait ternir sa joie ce soir, pensa-t-elle en le voyant conserver son air sombre.

— Et les claquements des cordages et des voiles sont la seule musique qu'on a envie d'entendre par une nuit pareille, ajouta-t-elle.

— Vraiment ? C'est ce que vous pensez ? rétorqua-t-il d'un ton cassant.

Elle observa un bref silence, désigna les sièges et demanda :

— Puis-je m'asseoir ?

Il haussa les épaules.

— Si vous voulez.

En dépit de cette réponse presque discourtoise, il fit le tour de la table et vint tirer la chaise pour elle, l'invitant à prendre place. Sans un mot, Samia le regarda s'installer à son tour, tandis qu'un silence gênant tombait. Ils étaient seuls. Entièrement seuls : pas un homme d'équipage en vue, nota-t-elle.

Elle remarqua également qu'il portait des sandales, alors qu'il lui avait dit que le dîner serait formel. Étrange. Mais c'était le Prince Pirate, après tout. Il pouvait faire comme bon lui semblait sur son yacht – et du reste, sa tenue n'était pas négligée non plus.

Toutefois, son silence obstiné l'inquiéta. Pourquoi ne disait-il rien ? Était-elle censée faire la conversation ? Avait-elle commis une bévue sans s'en rendre compte ? Elle n'était pas arrivée en retard, elle en était certaine. Et il avait eu l'air d'apprécier sa tenue… Alors ?

Peut-être se posait-elle trop de questions. Il était fatigué, voilà tout… Non. Elle releva discrètement la tête vers lui. Sans le moindre doute, *elle* le contrariait. Il faisait la tête de quelqu'un qui aurait voulu être n'importe où ailleurs… Pourquoi ne lui avouait-il pas qu'il avait changé d'avis ? Qu'il ne souhaitait plus dîner en sa compagnie ?

Un steward surgit, armé d'un plateau. Il vint déposer plusieurs plats devant eux ainsi que des petits pains chauds, et repartit aussi vite qu'il était apparu.

C'était un merveilleux assortiment de plats provençaux : poivrons et tomates farcis, marinade de courgettes, confit de souris d'agneau. Le fumet à lui seul était à se pâmer d'envie, et Samia en eut l'eau à la bouche. Hélas, son hôte ne semblait guère disposé à donner le signal, et elle se contenta d'arracher un morceau de croûte à son petit pain chaud, pour en savourer le goût en silence.

Elle saurait se montrer patiente. Elle était prête à tous les efforts pour que sa première soirée sur *Diamant noir* soit réussie.

Bon sang, pourquoi fallait-il qu'elle soit si belle ? Cela retournait le couteau dans la plaie. Et il n'avait aucune idée de la façon dont il convenait de réagir, après ce qu'il avait découvert.

Il était resté bouche bée dès les premières notes que contenait le fichier. Cette femme faisait *quoi* ? Elle était *qui* ? Il l'avait fait monter à bord animé des meilleures intentions. Pour en faire son épouse, une princesse ! Pour la couvrir de cadeaux et lui offrir la vie dont n'osaient rêver les femmes les plus fortunées d'Europe ! Il n'éprouvait pour elle qu'amitié et sympathie, l'avait présentée à tout son équipage, et maintenant… Il se sentait trahi, et avait également l'impression d'avoir trahi ses hommes. Parce qu'il était tombé dans un piège cousu de fil blanc – le plus vieux du monde, en ce qui concernait les familles royales.

De ses premières impressions au sujet de Samia, tout était faux. Sa candeur, sa spontanéité… rien n'était vrai. Même son enthousiasme faisait partie de la comédie qu'elle interprétait.

Le dossier qui lui était consacré livrait les détails de l'existence de Samia Smith, incluant son récent divorce et son métier de *journaliste d'investigation*. Rien d'étonnant à ce que ses conseillers ne lui aient pas adressé le fruit de leurs recherches par texto ! Pire encore, son ex-mari l'avait traitée avec une cruauté rare. Il avait détourné à son profit l'éditorial qu'elle publiait quotidiennement… Et pour l'heure, la jeune femme *n'était plus* une signature influente dans la presse.

Luca n'était pas né de la dernière pluie : « Chassez le naturel, il revient au galop. » Samia Smith avait-elle renoncé à sa carrière médiatique, ou bien prenait-il ses désirs pour la réalité ? Pouvait-il se permettre de faire entrer cette louve dans la bergerie du palais royal ?

Une *journaliste d'investigation* ?

Après la mort de son frère, il s'était efforcé de rester indifférent à tout. De ne plus permettre à aucune émotion de s'exprimer. Il n'y avait de place dans son cœur que pour le chagrin et la culpabilité. Et puis il avait rencontré Samia. Sa légèreté, son humour, son esprit l'avaient rendu à lui-même – ou lui avaient du moins donné cette impression. Il s'était senti un homme neuf, auprès d'elle, dans la brasserie.

Dans le meilleur des cas, s'il voulait lui accorder le

bénéfice du doute, elle lui avait menti par omission. Car elle avait accepté de monter à bord, *sachant qui il était*, et en se gardant bien de lui révéler son métier. Oh ! bien sûr, il avait compris qu'elle tentait d'échapper à quelque chose – probablement un ex. Et il n'aurait pas manqué de l'aider si elle lui avait exposé honnêtement sa situation.

Alors comment interpréter cet étrange silence de sa part ? Pourquoi n'avait-elle rien dit ? Il n'existait hélas qu'une seule réponse possible. *Parce qu'elle comptait tirer profit de ce voyage à bord de* Diamant noir, *auprès du Prince Pirate.* Elle avait saisi la chance qui lui était offerte exactement comme l'aurait fait, à sa place, n'importe quel autre journaliste. Et si elle s'imaginait qu'elle allait s'en sortir comme ça… Eh bien, elle allait avoir une très mauvaise surprise.

— Luca ?

En lui se jouait un conflit qui s'envenima dès que la jeune femme rappela son attention. Il lui était infiniment pénible de croiser ce regard d'émeraude. D'admirer ce visage harmonieux, cette adorable bouche pulpeuse, cette peau transparente. La robe qu'elle portait soulignait l'opulence de sa poitrine, la souplesse de sa taille, la longueur de ses jambes. Sa chevelure flamboyante cascadait dans son dos, ranimant sans cesse son désir. Comment osait elle apparaître ainsi devant lui, séduisante, irradiant de joie ?

Il était dangereux de se montrer sensible aux charmes d'une personne comme Samia. Il avait adoré son frère, et il l'avait perdu. Pour toujours.

— Je suis ridicule dans cette robe, c'est ça ? s'enquit-elle en le dévisageant avec une inquiétude remarquablement interprétée.

Elle méritait un Oscar.

— Vous pouvez me le dire franchement, vous savez, ajouta-t-elle. Je suis capable de supporter la critique.

Comme il la considérait avec sévérité, elle soupira.

— Alors c'est ça ? Elle ne me va pas du tout ? Pas mon style…

Cette réflexion l'agaça. Ne songeait-elle donc qu'à son apparence ? Sans doute redoutait-elle de ne pas parvenir à ses fins. Elle comptait se servir de sa beauté pour lui faire perdre la tête…

Non. Absurde, admit-il pour lui-même. Cette femme ignorait à quel point elle était belle. Car elle était profondément abîmée – la seconde partie du dossier ne lui avait rien épargné du calvaire qu'avait connu Samia Smith auprès de son époux. C'était pire encore, car il avait d'autant plus envie de la protéger, de l'aider à surmonter les démons de son passé. Mais impossible d'oublier qu'elle était une menace pour la Couronne. Plus il y réfléchissait, plus il avait du mal à croire que leur rencontre était fortuite. Que faisait-elle dans cette brasserie ? Elle l'attendait, bien sûr.

— Je ne suis pas de cet avis. Je trouve qu'elle vous va à ravir, répondit-il.

Il observa un bref silence avant de préciser :

— Vous êtes très en beauté.

— Vraiment ? répondit-elle en rougissant. Inutile de me flatter…

— Ce n'est nullement mon intention. Mangez pendant que c'est chaud. S'il vous plaît, servez-vous. Nous discuterons plus tard.

Lorsque le steward revint déposer sur leur table une bouteille dans un seau de glace, Samia se demanda s'il avait entendu leur conversation. Ou plutôt, les tristes bribes de leur bref échange. Quelle importance, au fond ? Luca devait être habitué à vivre entouré de serviteurs qui assistaient à bien des rencontres, entendaient bien des propos destinés à demeurer dans l'intimité. Quelle drôle de vie, pensa-t-elle en regardant l'homme aux gants blancs déboucher le champagne et tendre la bouteille à Luca.

— Je vous en sers une coupe ? demanda-t-il.

— Il vaudrait mieux que je ne boive pas d'alcool, dit-elle. Si je me mets à tituber, je pourrais finir avec les petits poissons.

— Non, je ne permettrais pas que cela arrive, assura-t-il galamment.

C'était la première fois qu'il s'exprimait de façon moins tendue, depuis le début du dîner.

— Alors d'accord. Juste un verre, acquiesça-t-elle.

Après avoir rempli deux coupes, Luca rendit la bouteille au steward, qui la plaça dans le seau.

— Merci, dit Luca. Je vous appellerai si j'ai encore besoin de vous. Nous allons nous servir nous-mêmes, ce soir.

L'homme hocha la tête et disparut. Espérant alléger l'atmosphère et rendre un peu de bonne humeur à Luca, Samia ouvrit la jolie pochette de soie dorée et posa son rapport sur la table.

— Tenez, dit-elle fièrement. Voici mon compte rendu.

— Ah ?

— Sur la décoration, rappela-t-elle. Je ne suis pas une experte, mais j'ai des yeux et une opinion. J'ai noté mes idées à la main, j'espère que cela ne vous dérange pas ? Mon écriture n'est pas la plus élégante qui soit, mais elle est assez lisible, me semble-t-il, et…

— Vous ne comprenez vraiment pas ce qui se passe, n'est-ce pas ? interrompit-il en la sondant d'un regard noir.

— En matière d'architecture d'intérieur ? Euh, non, j'avoue ne pas avoir suivi les dernières modes, surtout en matière maritime. Mais j'ai cru que mon avis vous intéressait quand même… Enfin voilà, tout est noté ici.

Elle ignora le frisson glacé qui passait dans sa nuque.

— Je n'ai pas de temps à accorder à ces fadaises,

rétorqua-t-il. J'ai des choses beaucoup plus importantes en tête !

— Ah ? Je peux vous aider à les résoudre, peut-être ?

À ces mots, il renversa la tête en arrière et s'esclaffa. Puis il lâcha un profond soupir et plongea son regard dans le sien. Un regard indéchiffrable.

— Oh oui. Je crois que vous pouvez, en effet.

Samia ne savait comment réagir. Il était en train de se mettre en colère, alors qu'elle avait espéré que… Visiblement, elle ne savait pas du tout comment s'y prendre. Posant sa serviette sur la table, elle s'apprêta à se lever.

— Je crois que vous aimeriez beaucoup mieux retourner à la navigation plutôt que dîner avec…

— Avec une journaliste d'investigation ? la coupa-t-il.

9.

Durant une fraction de seconde, comme la jeune femme accusait le choc de sa réplique, le dévisageant avec effarement, Luca se demanda si elle éprouvait davantage de stupeur que de culpabilité.

Une colère blanche le rattrapa. Des scrupules, *elle* ? Non seulement elle lui avait joué la comédie, mais elle continuait ! Il était satisfait d'avoir mis un terme à cette farce avant qu'elle ne tourne mal.

— Sérieusement, vous avez cru que je ne l'apprendrais pas ? reprit-il d'un ton sec.

Elle retomba sur son siège, secoua lentement la tête et répondit :

— Ce n'est pas ce que vous pensez.

— Tiens donc ! Pourriez-vous au moins me dire ce que je pense ? Ou plutôt, ce que *vous aimeriez* que je pense ?

— Vous êtes injuste. Notre rencontre est purement fortuite, affirma-t-elle.

— Vraiment ! Vous espérez que je vais croire ça !

— C'est vous qui m'avez invitée à venir sur votre yacht, rappela-t-elle.

— Mais bien sûr. Le scénario est charmant, Samia, mais le fait est que vous n'avez pas été honnête avec moi. Vous auriez dû me dire la vérité dès le départ. Vous voulez que je vous dise ce que je crois ?

— Oui, j'aimerais beaucoup entendre votre version des faits, répondit-elle en le toisant avec défi.

Qu'à cela ne tienne : il pouvait facilement le relever.

— Me croiser par hasard dans cet établissement, entre tous ? C'est hautement improbable. Je crois que vous avez été renseignée. Vous saviez que je me trouvais à Saint-Tropez, et vous m'avez cherché dans les enseignes de luxe.

— Ah. Et qui m'aurait tuyautée ?

— Cela n'a aucune importance, dit-il en haussant les épaules, agacé.

— Je ne connaissais absolument personne en ville, et encore moins dans ce restaurant, quand je vous y ai rencontré.

— Ça, c'est ce que vous dites.

— Oui, et je le dis parce que c'est vrai. Ensuite ?

— Ensuite, vous avez prétendu chercher du travail pour que je vous en trouve un sur mon yacht.

— Mais c'est *vous* qui m'avez invitée ! répéta-t-elle. Et je ne prétends pas chercher du travail : j'en ai désespérément besoin ! Or vous n'avez guère manifesté de réticence à me faire visiter *Diamant noir*, alors que je ne sais toujours pas quelle tâche vous envisagiez de me confier

Luca ne s'attendait pas à un tel discours de défiance de la part de quelqu'un qui l'avait roulé dans la farine.

— Qu'est-ce que vous êtes en train de me dire, au juste ? protesta-t-il. Que vous ne tirez aucun avantage de cette croisière ? Que je me contente de me faire plaisir ? À vos dépens, en plus ? Je suis censé avaler ces sornettes ?

— Avalez ce que vous voudrez. Je ne peux pas vous faire changer d'avis, mais j'aimerais comprendre pour quelle raison vous êtes aussi soupçonneux.

Elle le toisa en fronçant les sourcils.

— Bien essayé, lâcha-t-il. Mais vous ne retournerez pas la situation si facilement.

Elle se pencha au-dessus de la table, planta son regard vert dans le sien et murmura :

— Je sais que vous souffrez terriblement du décès de votre frère et que vous tentez de sortir la tête de l'eau, mais… je ne suis pas responsable de cette tragédie.

Luca eut l'impression d'avoir reçu une gifle en plein visage. Personne n'osait parler de Pietro devant lui. Personne n'osait s'introduire dans son chagrin. C'était strictement personnel !

— Et je ne sais pas si quelqu'un porte la responsabilité de cette tragédie, enchaîna-t-elle. Depuis notre rencontre, j'ai fait quelques recherches à son sujet sur Internet. Vous n'ignorez pas que les circonstances de sa disparition ne figurent nulle part dans les journaux. Je suspecte votre frère d'avoir quitté ce monde par les mêmes moyens que ma mère, et je comprends tout à fait que vous n'ayez aucune envie d'en parler. Mais sachez que vous n'êtes pas le seul à vivre ce que vous vivez. J'ai connu cette épreuve, et je sais combien il est effroyable de perdre quelqu'un qu'on aime…

Elle s'interrompit, la voix étranglée dans un sanglot. Durant un moment, elle resta silencieuse, le regard dans le vide. Elle devait penser à sa mère. Par respect pour sa douleur, il garda le silence, lui aussi, même si la colère d'avoir été trompé ne le quittait pas.

— Mais en dépit de la difficulté de ce que vous subissez, finit-elle par conclure, je ne dois pas vous servir de punching-ball.

Elle était allée trop loin. N'y tenant plus, il tapa du poing sur la table.

— C'est assez ! s'exclama-t-il avant de se lever. Cette conversation est terminée !

— Ce serait trop facile ! cria-t-elle en se levant à son

tour pour lui faire face. Si j'ai des aveux à faire, vous devrez me faire les vôtres aussi !

L'atmosphère était tellement chargée d'électricité que les tempes de Luca bourdonnaient. Le courant qui passait entre eux, c'était de la passion, une passion déchaînée par la colère et l'incompréhension. Même la brise maritime semblait s'être pétrifiée.

— Vous cachez quelque chose, vous aussi, maintint-elle, sans le quitter des yeux.

— Et s'il y a un scoop à livrer au public, vous n'allez pas passer à côté, rétorqua-t-il d'un ton empoisonné, tandis que de la lave courait dans ses veines.

— Comment pouvez-vous manquer à ce point de confiance envers autrui ? se rebella-t-elle.

— Cela ne vous crève pas les yeux ? Je devrais m'excuser, en plus ?

Perdre son frère était déjà un coup fatal, mais découvrir que Pietro avait mis fin à ses jours… C'était plus qu'il n'en pouvait supporter. Il n'avait pas été là pour empêcher ce drame. Il n'avait pas soupçonné que la détresse de son frère avait atteint le point de non-retour.

— Et qu'est-ce que vous espérez gagner d'autre ? reprit-il.

Son regard vert avait viré au gris d'orage.

— Comment cela ?

— Oh ! vous devez miser sur une rétribution assez grasse, contre votre petit reportage en immersion. Mais vous avez peut-être plus d'ambition que cela ?

— Je ne comprends rien à vos sous-entendus, asséna-t-elle. Exprimez-vous clairement.

— Votre ex était riche, expliqua-t-il. Mais je le suis davantage encore.

Interloquée, elle le dévisagea un bon moment avant de paraître écœurée par cette accusation.

— Ce n'est pas digne de vous, Luca, dit-elle plus bas.

Serrant les poings, il débordait de colère – une colère également dirigée contre lui-même.

— Non ? Vous n'êtes pas une prédatrice de première classe, peut-être ?

— J'ai des besoins, comme tout le monde, et les circonstances me conduisent à des choix qui ne sont pas toujours les bons, c'est peu dire, mais… Est-ce que je profiterais délibérément d'autrui ? Non. J'ai des principes, des valeurs solides, et j'ai respecté la déontologie de mon métier durant toute ma carrière, jusqu'à mon mariage. C'est vrai, je l'admets, j'ai cru que mon mariage pourrait sauver mes parents de la faillite et de l'infamie. Mais je ne commets jamais deux fois la même erreur. Alors soyez certain que lorsque je ne peux pas mettre de beurre dans les épinards, je me contente des épinards, et cela ne me pose pas de problème.

Il resta un instant silencieux avant de demander :

— Alors vous prétendez que vous n'en avez pas après mon argent ?

— C'est exactement ce que je viens de vous dire, oui, confirma-t-elle d'un ton exaspéré.

— Parce que vous méprisez tout cela. Ce genre de luxe.

D'un ample geste du bras, il désigna la table dressée comme le yacht.

— C'est un monde qui n'est pas le mien, dit-elle. Le mépriser ? Non, pourquoi ? Je sais que vous avez acquis votre yacht en travaillant.

— Je n'aurais jamais pu rêver de naviguer sur un engin pareil quand j'étais enfant, confirma-t-il.

Sa colère commençait à retomber.

— Madlena était un État ruiné quand mes parents ont accédé au trône, poursuivit-il. Ils ont réussi à rebâtir le pays, à en faire ce qu'il est aujourd'hui, mais j'ai été élevé dans l'idée que je ne posséderais rien que je n'aie gagné par mes efforts. Si vous avez fait des recherches à mon sujet, vous savez certainement que j'ai créé mon entreprise depuis ma chambre…

— Avec un ordinateur d'occasion que vous avez restauré vous-même, compléta-t-elle.

— En effet. Vous n'avez donc pas cherché uniquement des informations à propos de Pietro.

— Vous n'avez pas le monopole des enquêtes, protesta-t-elle. Vos parents et votre frère méritent toutes les louanges pour avoir rendu sa superbe à Madlena. Et tout en dirigeant votre entreprise, vous avez offert vos services à la défense de votre nation. C'est remarquable.

— Je ne suis donc pas complètement mauvais ? railla-t-il.

— C'est une conclusion qui devrait valoir pour vous comme pour moi, vous ne croyez pas ?

Il poussa un profond soupir.

— Quand comptiez-vous me dire qui vous êtes réellement ? demanda-t-il. Ce que vous faites dans la vie, car je suppose que vous souhaitez continuer à être journaliste… Peut-être grâce à votre éditorial si populaire en Angleterre, et à un petit reportage rédigé à bord de *Diamant noir* ?

— Mais, ainsi que vous venez de le souligner, j'ai *perdu* mon éditorial, lâcha-t-elle. Mon ex-mari m'a renvoyée à l'instant où il a considéré que je ne lui servais plus à rien. Il possède le groupe de presse auquel appartient mon magazine. On m'a donné dix minutes pour vider mon bureau, et le service de sécurité m'a escortée jusque sur le parking, comme si j'étais l'ennemi public numéro un.

— Quand comptiez-vous me le dire ? répéta-t-il avec fermeté.

— Je ne sais pas. Au moment opportun.

— Sur l'oreiller, peut-être ?

Elle secoua lentement la tête et s'esclaffa.

— C'est l'image que je renvoie ? Sérieusement ? Vous pensez que je suis ce genre de femme ?

— Je n'en ai pas la moindre idée, répondit-il. Je ne vous connais pas, Samia Smith.

— Je ne vous connais pas non plus, fit-elle valoir.

Agacé, il leva les yeux au ciel.

— Êtes-vous venue ici pour m'espionner, oui ou non ?

— Non. Absolument pas. J'admets volontiers que vous avez piqué ma curiosité, que j'ai eu envie de mieux vous connaître et que j'étais très excitée à l'idée de vivre une croisière de rêve, du genre réservée aux stars et aux hommes d'affaires d'envergure internationale. Mais pour des raisons innocentes ! À aucun moment je ne vous ai tendu un piège, et il n'a jamais été dans mes intentions de partager nos conversations avec le reste du monde !

Déstabilisé par sa ferveur, il resta indécis un court instant.

— Comment puis-je en être certain ? rétorqua-t-il.

— Vous ne le pouvez pas, admit-elle.

— Vous me demandez donc de vous croire sur parole quand vous prétendez avoir accepté ce voyage par curiosité pure et simple ?

Elle parut hésiter, mais précisa :

— Et pour fuir. Mon ex-mari est un homme tyrannique et malveillant. Que vous acceptiez de me croire ou non, c'est la vérité.

Il ne le savait que trop, hélas.

— Justement. Vous tenez une occasion en or de faire revenir en force votre nom dans la presse britannique. Et vous tourneriez le dos à cette opportunité ?

— Oui. Je vous l'ai dit : j'ai des principes. Et nous sommes logés à la même enseigne, vous et moi. Nous n'avons pas d'autre choix que de nous faire mutuellement confiance.

Quelle désinvolture ! Impossible d'admettre qu'elle-même se satisfaisait de cette philosophie.

— En résumé, vous me priez de croire que vous n'écrirez pas un papier à mon sujet ?

— Oui. De même que je dois croire que vous ne me ferez pas de mal, acquiesça-t-elle.

La suggestion le choqua à tel point qu'il en resta muet. Lui ? *Faire du mal à une femme* ? Il en était incapable ! Ce qui ne changeait rien à son devoir de faire passer la sécurité de son pays avant toute autre considération.

— Bon, nous allons devoir trouver un terrain d'entente, soupira-t-il.

— Comment cela ? lança-t-elle d'un ton suspicieux. Il n'est pas question que je couche avec vous pour sceller un marché, si c'est ce à quoi vous pensez.

Comme il lui retournait un regard sidéré, elle ajouta :

— Pour moi, le sexe est un engagement sérieux.

— Un engagement tenu dans la peur et la brutalité ?

Elle pâlit.

— Vous… Vous avez également enquêté sur ma vie intime ? bredouilla-t-elle.

— Naturellement. Il ne s'agissait pas d'un caprice de ma part, et je n'ai aucune tendance à l'indiscrétion. Cependant, il en va de la sérénité de toute une nation et de son peuple. Au départ, vous cherchiez un petit boulot sur *Diamant noir* : je ne me rappelle pas vous avoir proposé le rôle de ma maîtresse.

Il la vit déglutir avec peine, et comme il ne souhaitait pas la mettre davantage mal à l'aise, il enchaîna :

— Je n'ai jamais eu l'intention ni de vous intimider ni de vous contraindre à me suivre en mer. Mon projet, c'est que nous passions un accord qui nous satisfera l'un comme l'autre.

Elle le considéra avec perplexité.

— Je ne comprends pas ce que vous entendez par

« un accord ». Qu'attendez-vous de moi, au juste ? Vous ne m'avez toujours pas décrit la fonction que je suis censée occuper.

— Pour le moment, trancha-t-il, je ne vous demande qu'une chose : ne projetez pas sur moi le visage, et encore moins la personnalité de votre ex.

Il savait tout de ce petit moghol des médias. De cet infâme personnage, et de ce qu'il avait osé faire subir à Samia.

— Mes avocats vont s'assurer qu'il ne puisse plus jamais vous importuner, promit-il, la mâchoire serrée par la rage.

Il sentait son estomac s'imprégner d'acide à l'idée qu'elle ait été prisonnière d'un mariage sans amour avec une telle brute. Il lui avait fallu un long moment pour absorber les informations contenues dans le rapport. Violences physiques et psychologiques, basses manœuvres pour récupérer les terrains écossais de la famille de Samia, censure de ses articles et violation du Code du travail… La liste des crimes de son mari était longue. Il s'agissait presque d'un cas d'école : le séducteur pervers atteint d'un narcissisme pathologique et totalement privé de surmoi. Dans son délire de toute-puissance, cet homme avait enfreint toutes les lois… certain que personne ne lui demanderait de comptes ! Aussi Luca était-il confiant, quant à son arrestation imminente. Samia n'aurait même pas besoin de témoigner contre lui à son procès si elle ne le souhaitait pas : les fraudes, les vols, les tentatives de corruption et les licenciements abusifs suffiraient à le mettre hors d'état de nuire pour deux ou trois décennies.

Comme elle lui retournait un regard vaguement effrayé, il sourit.

— Oh ! ne vous inquiétez pas. Je ne suis pas un mafieux. Tout sera réglé dans la plus stricte légalité, mais je vous garantis qu'à compter de cet instant, vous n'avez rien à redouter de sa part.

Une expression indéchiffrable sur le visage, elle observa un long silence avant de demander :

— Et... Qu'est-ce que vous espérez de la mienne, en échange de votre protection ?

Il remplit à nouveau leurs coupes de champagne, se rassit et l'invita à l'imiter.

— Je ne considère pas cela comme une protection, expliqua-t-il. Vous n'êtes pas un petit oiseau que j'ai mis en cage et qui dépendrait de moi pour survivre... Je crois plutôt que vous êtes une tigresse qui sait très bien se défendre. Notre passe d'armes de ce soir vient de le prouver. Et désormais, il me reste une question à élucider. Pourriez-vous aussi être une princesse ?

Pendant qu'il portait tranquillement le verre à sa bouche, Samia le fixait avec ébahissement.

— Je vous demande pardon ? murmura-t-elle d'une voix à peine audible.

— Quel meilleur moyen de restaurer votre crédibilité auprès de vos lecteurs que de rédiger à la première personne le récit de votre existence avec le Prince Pirate ?

— En tant que... *votre femme* ? glapit-elle, incrédule.

Il hocha la tête en signe d'assentiment.

— Parce que vous pensez que si j'étais votre femme, j'écrirais des articles sur vous dans la presse ?

— Absolument.

Visiblement agacée, elle repoussa son verre et fronça les sourcils.

— Nous venons de convenir d'une trêve pour repartir sur des bases saines, et vous ne trouvez rien de mieux à faire que de vous moquer de moi ? protesta-t-elle.

— Qu'est-ce qui vous fait croire que je me moque de vous ? Cela n'a rien d'une plaisanterie.

— Bien sûr que si ! s'exclama-t-elle en le foudroyant du regard. Sauf si vous avez perdu l'esprit !

Il sourit, avala une dernière gorgée de champagne et se leva.

— Portofino demain, déclara-t-il. La ville est en fête tous les soirs, durant l'été. Cela devrait vous aider à vous détendre. Ne vous couchez pas trop tard : vous avez besoin d'une bonne nuit de sommeil et de toutes vos forces.

Sur ces mots, tandis qu'elle le fixait, médusée, sans répondre, il tourna les talons.

10.

Le petit port de Portofino baignait dans la lumière du soleil lorsqu'ils accostèrent, en début d'après-midi. Le bleu du ciel semblait presque irréel, et la brise charriait les parfums de la mer et des chèvrefeuilles qui cascadaient sur les façades des maisons. Comme ils approchaient de la rue principale où s'alignaient cafés et restaurants, Samia identifia une autre essence dans l'atmosphère : celle des citronniers pour lesquels la région était si fameuse. Sur les terrasses, toutes les tables étaient décorées de guirlandes de citrons.

— Un verre ? proposa Luca.

— Oui, volontiers.

À son propre étonnement, en dépit de la soirée mouvementée – et un peu folle – qu'ils avaient vécue la veille, Samia avait dormi comme un bébé. Sans doute les émotions d'une journée trop bien remplie l'avaient-elles épuisée. Aussi, à son réveil, elle avait décidé d'oublier leur dîner, leur querelle et la proposition invraisemblable de Luca. Maintenant qu'ils s'étaient parlé franchement, ils pouvaient entamer une relation de confiance, et c'était l'essentiel.

Dans le dressing, elle avait trouvé toute une collection de robes d'été très simples, et elle avait porté son choix sur un modèle en lin rouge brique à fines bretelles. Un caraco assorti et des sandales complétaient sa tenue.

Elle laissa Luca passer la commande : la spécialité locale était un citron pressé servi glacé. Afin que les clients l'accommodent à leur goût, le garçon leur confiait plusieurs verres, une carafe d'eau gazeuse, une autre d'eau plate, un pot de miel, du sucre et un grand bol de glaçons. Luca et elle passèrent ainsi un moment à tester diverses possibilités et à discuter de la meilleure recette.

— Goûtez-le ainsi, insista-t-il en lui tendant une version très sucrée.

— Hum… Délicieux ! admit-elle.

Il se comportait bien davantage comme le pirate que comme le prince aujourd'hui, pensa-t-elle. Même s'il était vêtu de façon un peu plus formelle que la veille au soir – pantalon de toile marine, chemise blanche et blazer.

— Mais je préfère le mien, ajouta-t-elle en reprenant une gorgée de son eau gazeuse citronnée.

Luca se pencha pour goûter.

— Pas mal, convint-il.

— Je sais, dit-elle en lui reprenant son verre en riant.

Il se pencha encore, plongeant son fascinant regard noisette dans le sien. Ses iris pétillaient de mille éclats d'or et, durant une fraction de seconde, elle crut qu'il allait l'embrasser.

Mais il se leva et alla régler l'addition.

Cet homme se comportait avec elle comme un musicien virtuose joue du violon, songea-t-elle en admirant sa silhouette de dos. Il émanait de lui un charisme tel qu'elle n'en avait jamais vu chez un homme, avant lui. Et il avait l'art de la surprendre à chaque instant.

Au cours de la première heure qu'ils passèrent dans le village, elle se sentit gagnée par la joie contagieuse de la fête locale. C'était un véritable ravissement : les ruelles romantiques de l'ancien port s'étaient toutes mises aux couleurs du festival d'été. Chaque boutique, chaque bar, chaque restaurant était festonné de banderoles et de rubans. Un peu partout, des groupes de musiciens entonnaient qui un air de jazz, qui une salsa, et une foule composée de personnes de tous les âges se pressait devant les étals des artisans qui vendaient bijoux, coquillages et spécialités du pays. Sur les petites places ou au milieu du trottoir, on voyait des gens danser et rire. Il flottait dans l'air une irrésistible odeur de viennoiserie, et Samia se sentit saliver en apercevant les marchands de fromages et de gâteaux. Luca insista pour qu'elle goûte au *panettone*. Le fondant de la brioche fourrée de fruits lui donna l'impression d'être au paradis – impression renforcée par le fait d'être escortée par un authentique prince.

À mesure qu'ils s'enfonçaient dans la ville, la foule devenait plus compacte, et ils s'arrêtèrent devant un haut immeuble orné d'une plaque en cuivre. Un cabinet d'avocats.

— Cette étude travaille pour moi, expliqua-t-il.

— Ah ! Vous voulez y faire un saut pendant que je vous attends ici ? proposa-t-elle.

— Non, venez avec moi.

C'était aimable à lui de la faire participer à sa visite au lieu de la laisser patienter seule au bas de l'immeuble. Dès qu'ils pénétrèrent dans l'ancien bâtiment, elle resta en arrêt devant les boiseries en acajou, les sols de marbre et les hauts plafonds.

— Vous avez rendez-vous ? s'étonna-t-elle.

— Oui. Ils nous attendent, confirma-t-il.

— Nous ?

Il hocha la tête.

— J'aimerais vous faire signer quelque chose, avoua-t-il.

Naturellement ! Elle aurait dû y penser tout de suite.

— Un document par lequel je m'engage à vous garantir la confidentialité de nos échanges ? suggéra-t-elle.

— Oui. Cela vous gêne ?

— Non.

Mais elle aurait préféré qu'il ait eu la courtoisie de lui en parler auparavant. Bah, au fond, cela n'avait guère d'importance. Après réflexion, elle comprenait qu'il ait été choqué en découvrant qu'elle était journaliste et qu'elle s'était gardée de le lui dire, lorsqu'elle avait su qui il était. Sans doute en aurait-elle conçu une certaine méfiance, elle aussi, si les rôles avaient été inversés. Maintenant qu'ils étaient là, pourquoi lui refuser cette faveur ?

Durant une bonne heure, elle écouta un avocat bilingue lui exposer la signification de chaque clause du contrat de confidentialité. Le vieil Italien insista longuement : il voulait être sûr qu'elle comprenait ce qu'elle signait.

À la vérité, elle était heureuse d'en passer par cette formalité si cela pouvait lui permettre de retrouver la sérénité avec Luca.

— Je suis navré d'avoir été contraint de vous demander cela, déclara-t-il dès qu'ils retrouvèrent les rues chaudes et citronnées.

— Ne le soyez pas, répondit-elle en souriant. Je comprends vos raisons.

Il observa un bref silence, la dévisagea d'un regard intense et conclut :

— Je ne vous en suis que plus reconnaissant. Merci de votre bonne volonté.

Une nouvelle fois, un courant électrique circula entre eux et, embarrassée, elle se tourna vers la foire pour lui dissimuler ses joues en feu.

— Et si nous allions jeter un coup d'œil par là-bas ? suggéra-t-elle.

— Adjugé.

Durant le reste de l'après-midi il fut un compagnon idéal – et osa la battre au tir aux pigeons, elle qui s'enorgueillissait d'être championne à ce jeu depuis ses sept ans. Ils osèrent toutes les attractions et quittèrent le stand de chamboule-tout les bras chargés de peluches, incapables de s'arrêter de rire.

— Cela doit vous changer de votre empire des hautes technologies ! s'exclama-t-elle.

— Il est certain que ce sera un beau souvenir à l'heure de rentrer chez moi, acquiesça-t-il.

— Pourquoi ? Vous ne pourriez pas organiser la même chose chez vous ? Les enfants de Madlena seraient certainement ravis d'avoir une fête foraine, eux aussi.

— Vous nous prenez pour les adeptes d'une secte austère ? railla-t-il. Nous avons déjà une belle fête foraine durant l'hiver, mais vous avez raison. Nous pourrions peut-être copier le modèle de Portofino, avec le festival de musique et de produits locaux qui se tient en même temps…

Tandis qu'ils échangeaient des idées à ce propos, Luca distribua leur butin de peluches aux parents qui se promenaient à proximité.

— Bravo, souffla-t-elle en voyant le dernier enfant partir, surexcité, un gros ours vert dans les bras.

— Maintenant que nous voici libres… vous ne voulez pas danser ? proposa-t-il.

Samia avait toujours jugé qu'elle avait deux pieds gauches, mais au fond, pourquoi pas ? Ce n'était pas comme s'ils étaient entourés de danseurs d'un grand ballet, et elle avait envie de continuer à s'amuser. La danse était un exercice bien innocent… Du moins était-ce ce qu'elle croyait avant de se retrouver dans les bras de Luca Fortebracci.

Il suffit qu'il pose une main sur sa taille et qu'elle sente sa paume large et chaude serrer la sienne pour qu'un vertige délicieux l'envahisse – et ne la quitte plus. Elle se retint de respirer tandis qu'ils entamaient une sorte de valse informelle, devant un quintette à cordes. Une boule de feu se formait dans son bas-ventre, ses seins tendaient la toile de sa robe et ses tempes bourdonnaient… Pourtant, elle ne parvenait pas à détacher son regard de celui de son cavalier.

Ils virevoltaient, dans l'air chaud et parfumé, sous le ciel zébré de rose et d'orange, comme le soleil se couchait. Son cœur battait tellement fort qu'elle était certaine que tout le monde l'entendait. Et le visage de Luca exprimait… une sorte de gravité mystérieuse. Elle se noyait dans la teinte caramel de ses yeux, toute au rythme de leur danse, envoûtée par l'harmonie de leurs mouvements. Ils ressemblaient à d'autres couples, autour d'eux. Des amoureux, des pères et des mères de famille, savourant leur bonheur à être ici.

Elle ne put s'empêcher de se demander ce que cela ferait de vivre ainsi *tout le temps*. Pourquoi l'existence n'était-elle pas toujours aussi exaltante et simple que cette danse improvisée avec Luca ?

Comme le rythme ralentissait et que chaque danseur adoptait la position lascive et facile du slow, elle sentit son compagnon l'attirer plus étroitement contre lui. Son imagination se mit aussitôt à galoper. Il se montrait si prévenant, si tendre, si… Non, se rappela-t-elle. Ils n'étaient *pas* des amoureux.

— Tout va bien ? chuchota-t-il à son oreille.

— Oui, parfaitement bien, souffla-t-elle, tandis qu'une nouvelle onde la traversait.

Une onde de désir.

Elle rêvait beaucoup trop. Et il allait falloir qu'elle perde cette dangereuse habitude.

Serrer Samia contre lui tandis qu'ils dansaient raidissait certaines parties de son anatomie jusqu'à le mettre dans l'embarras, réalisa Luca. Leurs corps se frôlaient régulièrement, et il était ivre du parfum de ses cheveux, de sa peau. Cette peau si douce, au creux de sa main, qui décuplait la force de son désir à chaque seconde. Tout comme son regard d'un vert incandescent, sa bouche insolemment pulpeuse, et les formes exquises de sa silhouette. Il devrait se montrer patient, pensa-t-il en serrant la mâchoire. Savoir attendre qu'elle exprime son désir, et la laisser venir à lui. La tigresse se manifesterait tôt au tard, il n'en doutait pas, mais il n'oubliait pas non plus qu'elle avait été malmenée par un sinistre personnage… et qu'elle avait besoin qu'on lui laisse du temps.

De toute façon, il avait envisagé cette journée uniquement sous le signe de la détente, et il pensait y avoir réussi. Il était indispensable que Samia se trouve dans un état d'esprit favorable au moment où il lui ferait sa demande de façon formelle. Le lendemain matin, il retournerait voir ses avocats afin de s'assurer avec eux que tout serait prêt à Madlena, lorsqu'il y rentrerait accompagné de sa femme.

Comme les musiciens posaient leurs instruments afin de s'octroyer une pause, la jeune femme poussa un soupir de regret.

— Oh ! quel dommage ! Je n'avais pas envie que ça s'arrête, admit-elle avec une franchise confondante.

Il aimait tant cette spontanéité ! En cet instant, elle avait l'air si innocente et si heureuse qu'il aurait presque pu croire qu'il lui faisait réellement la cour.

— Et si nous allions dîner ? Nous profiterons d'une vue imprenable sur les festivités depuis le yacht.

— Vous ne vous êtes pas suffisamment gavé de *panettone* ? moqua-t-elle. Vous avez encore faim ?

— Ma foi, oui. Et cela vous donnerait l'occasion de porter une autre robe du soir.

— Ou un short ? plaisanta-t-elle, comme ils revenaient lentement vers le quai. Parce que, pour être honnête, je me sens un peu ridicule dans la tenue que j'avais hier soir.

— Vous avez tort. Loin de paraître ridicule, vous aviez l'air d'une princesse.

Elle partit d'un rire incrédule et conclut :

— Vous savez obtenir ce que vous voulez, vous !

Il préféra renoncer au thème de la princesse sur le chemin du retour. Rien n'importait davantage que de voir Samia détendue, à son aise. Ses grands yeux verts brillaient d'excitation à la perspective de la soirée qui commençait. Ce fut en se laissant hypnotiser une nouvelle fois par l'intensité de son regard qu'il prit conscience de son sentiment. Il l'appréciait. Il commençait à s'attacher à elle. Pas seulement parce qu'elle était l'épouse idéale… Parce qu'elle lui rendait le sourire. Auprès d'elle, il reprenait goût à tout. Ses sens s'éveillaient d'un long sommeil.

En dépit de ce qu'il s'était promis, ils ne parvinrent pas devant leurs suites respectives. Quelque chose avait changé entre eux – probablement pendant qu'ils dansaient. La vedette les conduisit au yacht sans incident, mais une tension désormais familière s'installa. Comme si c'était la chose la plus naturelle du monde, il prit sa main… et leurs doigts s'entrelacèrent. Ils montèrent à bord sans un mot et, alors qu'ils traversaient le couloir au niveau des cabines, mus par une force invisible et surpuissante, ils s'élancèrent dans les bras l'un de l'autre, comme si leur vie en dépendait.

Samia avait la gorge sèche et le souffle court. Le vertige de la danse était devenu un tourbillon. Son sang bouillait dans ses veines. C'était une pure folie. Mais c'était si bon… Elle n'avait aucune idée de ce qu'elle était en train de faire, et aucune envie de réfléchir à l'instant d'après. Tout ce qu'elle savait, c'était que ce qu'elle éprouvait était délicieux, merveilleux, électrisant.

Les murs du couloir, le grincement discret d'une porte, tout passa dans un brouillard, car Luca l'entraînait, et leurs mains enlacées semblaient à jamais soudées l'une à l'autre, jointes dans le secret de ce qu'ils s'apprêtaient à partager. Elle se sentit attirée dans sa chambre et l'entendit fermer le verrou.

Elle se plaqua contre le mur et le vit s'avancer lentement, arrimer son regard de braise au sien, et se pencher sur ses lèvres. Le cœur battant à se rompre, elle ferma les yeux pour accueillir le contact de sa bouche ferme et chaude. L'effleurement la fit vibrer d'une onde d'une telle sensualité qu'elle chancela. Aussitôt, il la soutint, glissant son bras autour de sa taille pour l'attirer plus étroitement contre lui. Tous ses membres tremblaient – de désir et non de crainte. Sans hésiter, elle enroula ses bras autour de son cou et répondit fiévreusement à son étreinte. Affamées, leurs bouches s'unirent, et elle laissa échapper un gémissement de plaisir. Enroulant sa langue autour de la sienne avec une langueur lascive, elle planta ses ongles dans sa nuque avant de les glisser dans ses cheveux. Elle aimait l'ampleur de ce torse musclé et dur, tellement rassurant… Bientôt, elle sentit ses doigts brûlants défaire son chignon et arpenter la longueur de ses boucles. Puis il laissa errer ses mains sur sa taille, ses hanches. En elle, un volcan entrait en éruption. Ses seins étaient durs et gonflés, une lave furieuse fusait dans ses artères. Lorsqu'il la pressa tout contre lui, elle perçut l'ardeur de son érection, les contours de son sexe énorme et dressé. Une nouvelle vague d'excitation la submergea. Elle était en train de perdre tout contrôle de son corps, et c'était… divin.

Les mains de Luca erraient follement sur sa taille, et lorsqu'elle les sentit s'arrêter sur ses seins, elle gémit :

— Oh oui… Oui !

Comme il tentait de lui arracher son caraco, elle vint à son secours en se débarrassant elle-même du vêtement, et il fit aussitôt glisser sa robe à terre. Elle ne portait pas de soutien-gorge, et elle renversa la tête en arrière, emportée par un spasme de plaisir surpuissant, dès qu'il effleura du bout des doigts l'un de ses tétons dressés. Car la volupté qui l'envahit était inconnue et suffocante.

Elle le laissa l'entraîner vers son lit et la faire basculer sur le matelas, tandis qu'il s'allongeait près d'elle et posait sa bouche sur la pointe rose et tendue de ses seins.

— Oh oui, oui… Encore ! supplia-t-elle.

La langue de Luca se mit à tracer des cercles de feu sur ses aréoles. Samia se cambrait d'extase, accueillant les secousses de plus intenses qui faisaient onduler son corps. Il happa sa chair entre ses lèvres et, comme s'il devinait exactement ce que son corps espérait, lui prodigua encore et encore sa lente torture, de sa bouche alternant baisers et succions. Sans s'en rendre compte, elle se tordait de plaisir et écartait instinctivement les cuisses, et lorsqu'elle sentit sa main s'insinuer jusque sous le coton de sa culotte, elle crut défaillir. Un cri lui échappa quand elle sentit son doigt pénétrer l'antre brûlant de son sexe, trempé de désir pour lui.

— Oui ! Encore ! implora-t-elle, ivre des sensations qui atomisaient sa chair.

Lentement, elle se sentit sombrer au gré d'un torrent furieux. Luca la caressait avec une douceur ensorcelante, tournant autour de son clitoris avec une délicatesse infernale.

— Encore, j'en veux encore ! cria-t-elle.

— Ne t'inquiète pas, je n'en ai pas fini avec toi, murmura-t-il avant de descendre sur elle.

Il enfouit alors sa tête entre ses cuisses, et elle lâcha un nouveau cri.

Sa bouche et sa langue experte déclenchèrent un véritable tsunami en elle. Les spasmes la secouaient sur un rythme de plus en plus soutenu et pourtant, son plaisir ne cessait de croître. Enfin, l'orgasme l'arracha à elle-même, comme un feu d'artifice de sensations pures embrasait son corps tout entier.

Elle réalisa qu'elle avait plongé ses doigts dans les cheveux de Luca et qu'elle devait lui avoir fait mal. Pourtant, lorsqu'il revint planter son regard dans le sien, il souriait, et il demanda :

— Encore ?

Le cœur battant à se rompre, les yeux embués par le plaisir, elle le dévisagea, stupéfaite. Devait-elle lui avouer qu'elle redoutait par-dessus tout la pénétration ? Ou, au contraire, qu'elle brûlait de le sentir en elle ?

Il se pencha sur son visage et l'embrassa avec une infinie tendresse, qui fit chavirer son cœur.

— Prends ton temps pour te rhabiller et regagner ta suite, dit-il d'une voix si douce qu'elle frémit.

Quoi ? *Il la mettait dehors* ? Maintenant ? Estomaquée, elle le regarda se lever et se diriger vers la porte.

— Nous aurons tout le temps de discuter au cours du repas, précisa-t-il. J'ai une urgence à régler dans mon bureau. À tout à l'heure.

Dès que la porte se referma sur lui, elle retomba sur le matelas, encore tremblante d'avoir fait l'expérience de son premier orgasme.

11.

De quoi diable voulait-il « discuter » ? Elle entendait encore et encore sa dernière phrase résonner dans son esprit, tandis qu'elle se dirigeait vers sa suite, un quart d'heure après que Luca l'eut quittée. Livrée à cette énigme, elle se résolut à opter pour la seule réponse logique : il avait enfin trouvé quel poste il lui confiait à bord.

Un bon bain chaud allait l'aider à se remettre de ses émotions et clarifier ses idées, songea-t-elle. Luca ne lui avait donné aucune raison de s'inquiéter : il lui avait parlé avec chaleur, en souriant. Il était si sexy, si… irrésistible.

Elle s'émerveillait encore des qualités de son compagnon quand elle entra dans sa cabine et qu'elle repéra sur-le-champ, étendue sur son lit, une robe d'une beauté à tomber par terre. Le cœur empli de joie, elle alla caresser la soie ivoire du long fourreau qui exposerait avantageusement ses formes. Il s'agissait cependant d'une robe très sage : longueur chevilles, à col bateau. Tout excitée, elle alla se plonger dans la baignoire avant de choisir un soutien-gorge en dentelle blanche et un string assorti, pour enfiler le cadeau somptueux du prince.

Cette attention la touchait profondément, et elle souriait encore lorsqu'elle rejoignit Luca. Elle le trouva sur le pont, accoudé au garde-corps, en jean et en T-shirt, les cheveux encore humides d'une douche. Elle fixa son menton voilé de gris, cette barbe naissante et abrasive qui avait laissé une marque sur sa lèvre inférieure, après leurs baisers trop voraces.

Lorsqu'il la vit arriver, il sourit et s'excusa :

— Je suis navré d'être habillé ainsi. J'ai dû me rendre en soute pour superviser une réparation et je n'ai pas vu le temps passer.

— C'est ta manière de m'annoncer que nous allons couler ? Nous avons touché un iceberg ? railla-t-elle.

Il sourit, la détailla de la tête aux pieds et lâcha :

— Tu es sublime.

— C'est vrai ? s'enquit-elle en sentant son rythme cardiaque s'accélérer. Ma robe te plaît ?

— La personne qui l'a choisie a un goût très sûr, rétorqua-t-il avec arrogance. Contrairement au styliste qui t'avait suggéré un concombre à paillettes, hier soir.

Elle éclata de rire et se sentit rassurée.

— Ce concombre a dû coûter une fortune, observa-t-elle.

— Dans ce cas, il doit y avoir quelqu'un par ici qui jette son argent par les fenêtres. Ou par les hublots… Et je regrette de devoir plaider coupable. Mais, de toute évidence, je me suis racheté.

Il la dévora encore d'un regard de braise, approcha, prit ses deux mains pour les écarter et admirer la robe, avant de conclure :

— Celle-ci vaut mille fois son prix.

Au contact de ses doigts sur les siens, elle déglutit lentement. Sa gorge était redevenue sèche. Elle se noyait dans les yeux de Luca, s'enivrait de son parfum et fixait sa bouche. Cette bouche qui l'avait conduite aux cimes de l'extase. Cette bouche qu'elle rêvait d'embrasser encore.

— J'ai pensé que nous pourrions dîner ici, sous les étoiles, dit-il en désignant une petite table, beaucoup plus modeste et simple que celle de la veille.

— C'est parfait, acquiesça-t-elle.

C'était comme un guéridon de café, très intime. Dès qu'ils s'installèrent, il s'enquit :

— J'espère que tu ne regrettes pas d'avoir signé ce document, aujourd'hui ?

Elle lâcha un petit soupir.

— J'avoue que je n'en vois pas la nécessité, admit-elle, mais je me mets à ta place. Je comprends cette précaution.

— Alors, tu me pardonnes ?

Malicieuse, elle sourit et soutint son regard de façon explicite avant de répondre :

— Peut-être. Ça peut se négocier.

Il rit et souleva la cloche d'un plat qui contenait une grande salade composée aux légumes et au pamplemousse, entourée d'un rang d'écrevisses, de crevettes et de bulots.

— En attendant, bon appétit, dit-il.

Samia se laissa servir et dégusta lentement cette succulente assiette de mer. Tandis qu'elle en savourait la fraîcheur, elle éprouva le besoin de prévenir Luca de son handicap. Elle était gênée de ne pas l'avoir fait plus tôt, mais… il n'était pas facile de trouver les mots justes.

— Luca, il faut que je te dise quelque chose, fit-elle en pesant chacune de ses paroles. Quand tu m'as vue foncer dans la brasserie… Je fuyais.

Il releva les yeux vers elle.

— Ton ex-mari ?

— Les brutes qu'il avait envoyées à mes trousses, précisa-t-elle. Il était en voyage de noces avec sa nouvelle femme. Et il avait donné pour instruction à son service de sécurité de me démolir le portrait sur mon lieu de vacances. Il s'est débrouillé pour savoir que je me rendais à Saint-Tropez. Est-ce que c'était une vengeance ? Un avertissement ? Par sadisme, ou par peur que je prévienne la malheureuse qui venait de tomber entre ses griffes ? Je ne sais pas. Mais j'ai repéré ses sbires sans difficulté, parce que le réceptionniste du petit hôtel où je logeais m'avait prévenue que plusieurs hommes m'avaient demandée. J'ai réglé la facture et j'ai pris mon sac à dos.

Sans mot dire, Luca l'écoutait. Ses traits exprimaient une profonde empathie – et parfois, une colère intense.

— Alors, avec le recul, reprit-elle, je comprends que j'ai dû avoir un comportement anormal avec toi. Je ne me suis pas présentée, j'ai refusé de te dire mon métier… Je regrette de…

— Chut, la coupa-t-il. S'il te plaît, ne t'excuse pas.

— Je n'ai pas réfléchi, insista-t-elle, et j'aurais dû…

— Tu *as* réfléchi. Tu savais que tu devais fuir et tu l'as fait. Tu n'as mis personne en danger, et tu ne m'as causé aucun tort.

À ces mots, elle sentit une douce chaleur l'envelopper, mais malgré elle, elle frissonnait. Il fallait qu'il sache. Elle voulait lui expliquer d'où elle venait.

— Il m'a envoyé un texto où il décrivait l'état dans lequel il souhaitait que ses hommes me mettent, dit-elle en détournant les yeux. Il m'a écrit que je ne trouverais jamais « un terrier où me cacher », où rester à l'abri de lui… Il n'a jamais lâché quelque chose qu'il considère lui appartenir. Et ce qui est à lui est un objet dont il se sert comme il l'entend. J'ai eu amplement le temps de le vérifier durant notre mariage, et mille fois j'ai eu le désir de partir, mais j'étais comme pétrifiée. J'avais perdu ma mère, je ne voulais surtout pas perdre mon père. C'est seulement quand il s'est retrouvé en prison que j'ai repris ma liberté. Parce que Oliver ne pouvait plus lui faire de mal. Oh ! bien sûr, mon père n'est pas blanc comme neige, dans toute cette affaire, mais ce monstre a profité de sa faiblesse. Je suis restée avec lui dans le seul espoir de protéger mon père… Et cela n'a servi à rien. Je me suis trompée sur toute la ligne.

Il la considéra longuement et se pencha au-dessus de la table pour répondre :

— Samia, comment aurais-tu pu protéger ton père ? Tu ne pouvais pas te protéger toi-même, face à une cette brute épaisse.

— C'est vrai, soupira-t-elle. Je ne sais pas. Ma pensée était corrompue par le besoin absolu que j'avais de protéger mon père. Il fallait que je l'aide. À n'importe quel prix. Et j'ai fait n'importe quoi.

— Tu as fait *de ton mieux*, corrigea-t-il. Et d'une façon générale, c'est le maximum qu'on puisse attendre d'un être humain, dans n'importe quelle circonstance.

Luca se sentait profondément touché que la jeune femme se confie à lui. Peut-être sa sensibilité était-elle à fleur de peau, depuis quelques heures, car tandis qu'il l'écoutait, il luttait contre l'envie de la prendre dans ses bras et de lui promettre que plus jamais personne ne lui ferait du mal. Qu'il ne le permettrait pas.

Plus il la découvrait et plus il admirait son courage. Il n'avait pas fait erreur en devinant une tigresse en elle. Samia était tout feu, tout flamme, et lorsqu'elle s'était tordue de plaisir dans ses bras, il avait éprouvé lui-même un sentiment si fort qu'il en était encore bouleversé.

— Et puis je t'ai rencontré, enchaîna-t-elle. Et sincèrement, je n'avais aucune idée de qui tu étais avant que le portier s'incline devant toi. Il faut me croire, Luca, c'est la vérité. Mais il est également exact que lorsque tu m'as proposé un travail sur ton yacht, j'ai voulu saisir cette chance. Parce que je savais qu'en mer je serais en sécurité.

Il resta silencieux un court instant avant de répondre :

— Merci de ta franchise. Quant à moi, je veux que tu saches que non, les hommes ne sont pas *tous* les mêmes.

Un sourire timide apparut sur son petit visage.

— Oui, je le sais, maintenant, dit-elle.

Il posa sa main sur la sienne.

— Nous devrions peut-être… ralentir un peu la cadence, suggéra-t-il en plongeant son regard dans le sien.

Aussitôt, elle parut profondément peinée et se récria :

— Non… Je n'en ai pas envie. Toi, si ?

La même lame lui transperçait le cœur quand il voyait vibrer son immense regard vert.

— Je ne sais pas, admit-il. Avant de te répondre, il faut que je te pose une question.

Elle haussa les sourcils.

— Je t'écoute.

D'un trait, il lança :

— Épouse-moi.

— Q… Quoi ? balbutia-t-elle.

— Deviens ma femme. Tu seras en sécurité, je te protégerai, et tu me rendras un fier service.

Il vit le visage de Samia devenir livide. Durant une longue minute, il attendit qu'elle reprenne la parole – certain qu'elle ne pourrait pas refuser.

— Non, lâcha-t-elle froidement.

— *Non* ? répéta-t-il, choqué.

— Tu ne penses pas sérieusement que je viens de me libérer d'un mariage désastreux pour sauter à pieds joints dans un autre ?

— Mais… Il s'agirait d'un *arrangement*. D'un *accord*. D'un *marché* équitable entre personnes sensées, articula-t-il patiemment.

Visiblement scandalisée, elle se leva brutalement, jeta sa serviette sur la table et s'insurgea :

— Ah, parce que tu trouves que c'est une proposition sensée ? C'est tout ce que je représente pour toi ? La possibilité d'un *marché* pour que je te rende un *service* ?

— Mais…

Il voulut se lever pour la rattraper – trop tard. Elle était déjà à l'autre bout du pont, et il poussa un long soupir de frustration.

La journée avait été absolument parfaite… Et elle se terminait sur un beau fiasco.

Une heure de musculation dans la salle de sport n'avait pas davantage réussi à apaiser sa libido en feu que son humeur noire, réalisa-t-il sous la douche, en se demandant comment il allait trouver le sommeil. Une serviette attachée sur les reins, il passa dans sa chambre et sursauta en trouvant Samia plantée devant lui.

Sa magnifique chevelure rousse cascadait sur ses épaules, ébouriffée. Elle avait les yeux rougis. L'échancrure de son peignoir révélait qu'elle portait une nuisette. Sans doute était-elle venue le trouver parce qu'elle ne parvenait pas à dormir.

— Je suis divorcée, déclara-t-elle de but en blanc. Et mon père est en prison.

Il sentit son cœur saigner. Non à cause de la tristesse qu'il décelait dans sa voix, mais de sa résignation. On aurait dit qu'elle portait le monde sur ses épaules.

— Oui, répondit-il avec calme. Il est en prison pour évasion fiscale, c'est bien cela ?

Elle lui retourna un regard torve.

— Tu as enquêté sur lui aussi, j'imagine ?

— Oui. De façon complète, car je sais aussi que les fonds qui sont apparus très soudainement sur les comptes de ton père mènent droit à ton ex.

Elle haussa les épaules avec humeur.

— Tout le monde le sait. Il s'agissait de le renflouer à cause des dettes de jeu qu'il a contractées.

— Bien sûr que non. Il les avait déjà remboursées.

— Quoi ?

Elle releva vers lui une expression stupéfaite.

— Les sommes qui ont envoyé ton père en prison ont été virées bien après qu'il a réglé ses dettes, insista-t-il. Il s'est fait piéger, et je ne pense pas qu'il soit très difficile de le démontrer. C'est pourquoi mes avocats ont déjà le dossier en main. Et ils m'ont déjà confirmé que l'appel était demandé. Ils sont très confiants quant à l'issue de leur démarche.

Samia le fixait, bouche bée, et il sourit.

— C'est vrai ? murmura-t-elle. Tu pourrais faire ça ? Obtenir sa libération ? Et qu'il soit blanchi ?

— Mais oui, c'est ce que je viens de te dire.

— Oh ! Luca, si tu réussissais à faire cela, je… Je…

— Tu m'épouserais ? suggéra-t-il avec un sourire espiègle.

— Non, je n'ai pas dit ça ! s'insurgea-t-elle.

Il secoua lentement la tête, s'assit sur le lit et l'invita à l'imiter. Non sans réticence, elle s'exécuta, et il prit soin de rester à bonne distance, afin qu'elle finisse par se débarrasser de sa nervosité.

— Oh ! Samia… Voyons, jamais il ne me viendrait à l'esprit de te faire du chantage. Je te le répète : je ne suis pas ton ex. Et d'ailleurs, je ne peux pas te promettre que ton père va sortir de prison rapidement, je ne suis pas magicien. Mais je te garantis que mes avocats font tout pour, et qu'ils ont pour mandat de continuer jusqu'à ce qu'il soit libre. Je ne peux malheureusement rien faire en ce qui concerne la mort de ta mère, et crois-moi, je le regrette. Les dégâts causés par ton ex sont inchiffrables, ta famille entière en a été victime. Mais tu es là. Il ne t'a pas tuée. Tu es plus forte que lui.

Comme il la fixait intensément, elle détourna la tête et protesta :

— Non, ne fais pas ça… N'essaie pas encore de me séduire comme tu l'as fait aujourd'hui. Je sais ce que tu veux. J'ai besoin de réfléchir.

Il soupira.

— À ta convenance, mais… Il me faut une réponse demain matin, dernier délai. Tu auras tout le temps de réfléchir ensuite.

Il crut qu'elle allait s'étrangler.

— Tu… Tu plaisantes ?

— Pas du tout. Je suis un homme pressé avec un pays à rassurer. Madlena est en deuil. Il lui faut un souverain qui assure la continuité de la politique économique et fiscale mise en place par mes parents et poursuivie par Pietro. À tort ou à raison, j'ai une réputation de play-boy qui ne pense qu'à prendre du bon temps sur son yacht de super-milliardaire. Je ne peux pas arriver au pouvoir avec cette image. Il est impératif de la casser et de la reconstruire. Tout de suite. Une épouse est un gage de confiance pour le peuple, un signe de stabilité, la promesse d'une succession, d'un avenir, etc. Et dans mon cas, il doit s'agir d'une épouse qui a les pieds sur terre, qui sait ce qu'est le travail. Une femme qui n'est pas née avec une cuiller en or dans la bouche.

Samia écoutait ce discours avec ébahissement. Depuis plusieurs heures, elle se demandait si Luca était sérieux en lui proposant de l'épouser. Or elle ne voyait pas pourquoi un prince porterait son choix sur elle plutôt que sur une splendide sirène de l'aristocratie européenne.

— Bien. Si tu cherches une femme qui inspire confiance, je ne suis pas la candidate idéale, observa-t-elle.

— Je ne partage nullement cet avis.

Bon sang… À quoi jouait-il donc ? Même en oubliant qu'elle était divorcée, que sa mère s'était suicidée et que son père était en prison – pedigree de rêve pour une princesse —, elle ne valait rien dans une chambre à coucher et se révélait donc incapable de donner à la famille régnante la succession indispensable à sa continuité ! Et puis, elle avait un caractère rebelle, une nature indépendante. Et une passion pour son métier de journaliste.

— Tu as tort. Et de toute façon, il y a autre chose, objecta-t-elle.

— Ah bon ? Quoi ?

— Je ne veux pas être princesse.

Il croisa les bras sur sa poitrine et la toisa d'un air moqueur.

— Tiens donc. Les bijoux, les meilleures places au théâtre et aux concerts, les voyages en jet privé… Tout cela te répugne, n'est-ce pas ?

— Non, admit-elle.

— Sourire aux dignitaires ? Tenir des propos polis à certains chefs de gouvernement qui ne méritent que l'opprobre ?

— Oui, voilà, acquiesça-t-elle. Je ne pourrai jamais m'y soumettre.

— Oh si. Parce qu'il n'existe aucune fonction, aucun métier sans contrainte. Et que le rôle de princesse réserve aussi quelques moments merveilleux. Tu n'aimes pas venir en aide aux autres ? Avoir le sentiment que tu peux faire la différence dans la vie de quelqu'un ? Rendre le sourire à un enfant, en aidant ses parents à trouver un logement et une école ?

Luca était habile. Redoutablement habile, pensa-t-elle.

— Naturellement. Ce serait formidable. Je ferais tout pour aider les gens si on m'en donnait la possibilité.

— Eh bien, tu vois, Samia, cela va peut-être te surprendre, mais moi aussi. Je suis prêt à tout pour me rendre utile à mon peuple, améliorer la situation des individus, des familles, de telles et telles catégories professionnelles et ainsi de suite. Alors oui, parfois, il faut subir un banquet ou un entretien déplaisant. Il me semble que c'est un petit prix à payer quand on ambitionne de grandes choses. Par exemple, le développement d'une recherche médicale de pointe, une université sans frais de scolarité, des logements sociaux à énergie passive… Tout cela, c'est possible. À condition de voir à long terme et d'admettre qu'il y aura sans doute des difficultés, des échecs, des moments de découragement… Et des gens désagréables à côtoyer. Pourtant, il y a une chose dont je suis sûr : l'objectif est trop important pour que je m'arrête à ces détails.

Bigre. Il était tellement convaincant qu'elle était à court d'argument... Désarçonnée. Comment refuser de contribuer à l'avenir d'un pays lorsque c'est décrit de cette façon ? À une mission aussi noble et gratifiante ?

— Mais... Et mon métier ? demanda-t-elle.

Il haussa les épaules.

— Tu n'auras qu'à dire que tu as mal à la tête, ton secrétaire attitré te trouvera un remplaçant.

Elle s'esclaffa avant de secouer la tête avec accablement.

— Luca, je ne plaisante pas. Qui a envie d'être une tête couronnée ? Plus de vie privée. Impossible d'ouvrir la bouche sans courir le risque de retrouver ses propos imprimés ou sur Internet, le plus souvent déformés. Faire des courbettes du matin au soir et être entouré de courtisans hypocrites, voire malhonnêtes. Non, franchement... J'ai déjà eu droit à mon quart d'heure d'infamie, je ne tiens pas à subir les prolongations !

— Parce que tu étais malheureuse et que personne n'était là pour te soutenir, rappela-t-il.

Il avait raison. Son erreur fatale avait été de laisser Oliver cannibaliser son univers entier. En même temps que son métier et ses lecteurs, elle avait perdu ses collègues, ses amis. Il en allait tout autrement d'un couple uni, à la tête d'une nation, traversant les succès et les épreuves grâce à un lien profond. Un couple sans doute entouré d'arrivistes, mais aussi de personnes dévouées à leur cause.

— Franchement... Comment veux-tu cacher mon passé tel un tas de poussière qu'on pousserait sous le tapis ? C'est impossible. Je ne serai jamais la princesse vierge, innocente et sans tache à qui on pose une auréole sur la tête.

— Ce n'est pas du tout ce que je veux ! s'exclama-t-il. Il n'est *pas question* de dissimuler ton passé. C'est précisément parce que tu as toi-même connu le deuil, les difficultés et l'adversité que tu peux aider les autres à franchir les mêmes épreuves. Je t'ai vue discuter avec mes hommes. Tu es naturelle, décontractée, et il est évident que tu t'adresses aux autres avec ton cœur. C'est la plus grande qualité que peut avoir une princesse. Quant à ton intransigeance et ton indépendance d'esprit, je ne doute pas qu'elle t'a valu la confiance de tes lecteurs, avant que ton ex fasse main basse dessus. Tu as de l'intuition. Tu as de l'empathie. Tu représentes une chance immense pour Madlena.

Ce torrent d'éloges, prononcé avec une sincérité évidente, la laissa un moment sans voix. Enfin, elle murmura :

— Tu… Tu es *sérieux*. Tu me demandes *réellement* de devenir ta femme ?

Il fronça les sourcils, piqué par sa remarque.

— Évidemment que je suis sérieux, asséna-t-il sèchement. Je n'ai pas pour habitude de plaisanter avec la sécurité de mon pays.

Il marqua une pause avant de reprendre d'un ton radouci :

— Tout ce que je te demande, c'est de tenir ton rôle durant notre mariage. Mettons pendant cinq ans, afin que je sois considéré comme un souverain fiable. Tout du long de notre union, tu bénéficieras d'une liberté totale en ce qui concerne tes activités de journaliste, et ensuite tu…

— Cinq ans ? coupa-t-elle d'une voix blanche.

Elle avait l'impression que le sol se dérobait sous ses pieds et, incrédule, elle lâcha :

— Tu… Tu as déjà décidé que nous allions divorcer ?

12.

Luca parut désarçonné par sa réaction.

— Je croyais que cela te conviendrait, s'étonna-t-il. Que tu ne souhaiterais pas que nous soyons liés de façon définitive.

Il s'agissait des paroles d'un homme dévasté par la mort de son frère, se rappela-t-elle. Qui avait le cœur brisé, et qui refusait de courir le risque de souffrir encore.

— Notre mariage doit durer le temps qu'il faudra pour que je gagne la confiance du peuple, poursuivit-il.

— Je vois. Et ensuite ? Je fais mes bagages, j'écris mes mémoires et j'en vends des millions d'exemplaires ?

— Il faudra prévoir une clause au contrat pour que ce type de scandale n'ait pas lieu, admit-il. De toute façon, nous pourrons voir ces détails avec les avocats demain. Nous avons rendez-vous avec eux et…

— Pardon ? *Moi*, j'ai rendez-vous avec *tes* avocats pour m'assurer que *je* serais pieds et poings liés après mon divorce, si j'acceptais de t'épouser ? Tu as perdu la tête, Luca ? Tu te rends compte de ce que tu dis ? Tu arpentes les mers en solitaire pour perdre tout contact avec les réalités, c'est bien cela ? Sache que dans *mon* monde, les femmes travaillent, elles ont une famille, elles tissent des liens profonds avec ceux qu'elles aiment et elles tentent d'aider les autres. Je refuse de laisser le volant de ma vie à un homme.

Il fronça les sourcils.

— Je crois que tu m'as mal compris.

— Oh ! je crois que je t'ai très bien compris, au contraire ! Dans ton petit scénario, tu commandes et j'obéis.

— Non, ce ne serait pas comme ça…

— Alors où sont mes garanties ? Les clauses à *mon* avantage dans *mon* contrat ?

— Parce que tu dis oui ? s'enthousiasma-t-il.

Lentement, elle prit son visage dans ses mains. Le Prince Pirate était – pour l'heure – bloqué sur son obsession. Il n'entendrait rien tant qu'elle ne répondrait pas par l'affirmative à sa proposition.

— À aucun moment tu n'as songé que cette idée était complètement absurde ? demanda-t-elle.

— Non. Les mariages arrangés ont donné d'excellents résultats dans les familles royales durant des siècles. Je vois les avantages que chacun de nous peut trouver dans celui-ci. Et il n'y a aucune raison pour que notre union ne soit pas un succès.

— Pour cinq ans ?

— Ou la durée que tu choisiras, répondit-il en haussant les épaules. Pour moi, cinq ans, c'est un minimum.

Samia avait le sentiment d'avoir été propulsée dans une dimension parallèle. Or, comme elle se méfiait de sa nature rêveuse, elle réfléchit. Luca était… beaucoup trop séduisant pour qu'elle imagine vivre cinq années auprès de lui sans que l'affection qu'elle éprouvait déjà pour lui se change en un sentiment amoureux profond et durable.

Ce projet n'était pas seulement fou. Il était hautement dangereux pour elle.

— Écoute… Cela va peut-être te sembler difficile à croire, après ce que je t'ai raconté et ce que tu sais de mon mariage, mais je crois encore en l'amour. J'ai encore foi dans le mariage. Et si un jour je devais décider de me remarier, mon engagement envers mon mari serait absolu, et j'attendrais le même de sa part. Des sentiments profonds, pas de contrat de divorce programmé… Rien de tout cela.

Il marqua un silence.

— Mais tu accepterais de courir le risque que ce second mariage ne fonctionne pas ? finit-il par demander.

— Eh bien… Oui. Il n'existe pas de garantie, concéda-t-elle.

— Alors, quelle différence avec le mariage que je te propose ? triompha-t-il.

— Une différence essentielle. Dans la première hypothèse, je me serai remariée par amour.

— Tu attends peut-être un peu trop de la vie, objecta-t-il.

— Peut-être.

Durant un long moment, ils restèrent silencieux. Enfin, Luca serra sa main dans la sienne et la dévisagea d'un air grave.

— Tu ne me dis pas tout. Il y a autre chose. Je le sais. Parle-moi, Samia. Dis-moi ce qui te tourmente.

Elle baissa la tête et avoua très bas :

— Je ne pourrai pas te donner de descendance, Luca.

— Pourquoi cela ? s'enquit-il avec douceur.

— Parce que…

Elle hésita avant de se décider à lâcher d'un trait :

— Je ne peux plus aller jusqu'au bout.

Il caressa délicatement le revers de sa main et opposa :

— Je n'en crois pas un mot. Tu as fondu dans mes bras, tout à l'heure. J'ai senti la force de ton désir. Je sais que tu as éprouvé du plaisir. N'est-ce pas ?

Elle devint écarlate.

— Oui, mais…

— Mais tu as été maltraitée par un véritable monstre. Et tu as besoin de temps pour te sentir en confiance.

Nous prendrons le temps qu'il faudra, Samia. Nous irons étape par étape, tout doucement. Cela n'a rien d'un motif d'opposition à notre mariage. Alors, à moins que tu aies un autre argument à avancer… Tu veux bien m'épouser ?

Elle déglutit lentement et lui retourna une expression dubitative.

— Pour ta communication ? Pour corriger ton image ? Tu penses sincèrement que c'est un fondement solide pour un mariage ?

— Parce que je sais que tu aimeras être au service de nos sujets. Parce que je sais que tu es faite pour cela. Parce que j'ai besoin de toi pour changer les choses en profondeur, et non pour maquiller les apparences. Mon frère vivait dans une tour d'ivoire. Il était respecté, mais intouchable. Sa réputation est vierge parce qu'il n'a jamais mis les mains dans le cambouis. Je ne suis pas comme lui. Je suis un entrepreneur, j'aime les défis. Je suis prêt à courir des risques et à vivre sous le regard de mes sujets. À affronter leur jugement. C'est pourquoi je veux à mes côtés une épouse qui ne cessera pas de travailler, qui poursuivra son métier. Je serai fier que ma femme écrive, et que nous servions tous les deux notre pays sans nous renier.

Cette fois, Samia sentit les larmes lui monter aux yeux. Peut-être parce qu'il avait dit « nous ». Peut-être parce que « notre pays » étaient deux mots qui lui faisaient battre le cœur. Peut-être parce qu'elle refusait de suivre l'exemple de sa mère, de se fermer à toute possibilité d'évolution. Peut-être parce que la confiance dont Luca la gratifiait était le plus beau cadeau qu'elle ait reçu depuis très, très longtemps.

Princesse de Madlena… Quelle folie !

— Bon, murmura-t-elle. Avant toute chose, il faut que tu écoutes ce que j'ai à te dire.

— Je t'écoute.

— Je me remettrai à écrire. Je publierai mes articles dans les journaux. Et tu ne pourras pas me censurer.

— Aucun problème, acquiesça-t-il.

— Parfait. Point numéro deux. Je ne serai pas poussée dans un avion quinze fois par semaine pour servir de potiche dans des galas aux autres coins de la planète. Ni derrière toi, à faire le caniche silencieux pendant que tu discuteras avec tes homologues à couronne.

À ces mots, Luca se mit à rire.

— Toi, un caniche ? Non. Aucun risque, avec ou sans moi. Justement, pourquoi crois-tu donc que je te choisis ? Je compte bien exploiter tes talents et non les museler.

— Mais…

— Il y a encore autre chose ? s'impatienta-t-il.

— Oui, dit-elle en rougissant.

Leurs regards s'arrimèrent l'un à l'autre. Elle contemplait l'homme qui allait devenir son mari et qu'elle désirait… tout en redoutant de ne pas savoir le satisfaire.

Il l'invita à se lever, et passa un bras autour de sa taille.

— Ma chérie, murmura-t-il, nous allons maintenant attendre notre nuit de noces. Et je ne veux plus que tu t'inquiètes au sujet de notre intimité. Va dormir.

Il déposa un baiser sur son front.

Samia hocha la tête et sortit. Elle devait déjà rêver. Il n'était pas possible que, ce soir, elle ait *presque* accepté de devenir l'épouse du prince de Madlena. Oui, elle rêvait.

Le lendemain matin, Luca avait fait dresser une table somptueuse sur le pont, pour le petit déjeuner. Porcelaine fine, verres en cristal, viennoiseries tout juste sorties du four, jus de mangue fraîche et orange pressée, café italien… Il avait prié son chef de donner le meilleur de lui-même pour que Samia prenne conscience des avantages de la vie d'une princesse.

Il était déjà attablé quand elle parut, et il se leva avec galanterie pour l'accueillir. Dans une longue robe de coton bleu très simple, les cheveux relevés en chignon, elle était radieuse.

— Tu as bien dormi, j'espère ? s'enquit-il.

Pas lui, en tout cas. Tiraillé par la force de son désir, il n'avait trouvé le sommeil qu'aux premières lueurs de l'aube.

— Tu es très en beauté, ajouta-t-il.

Elle baissa les yeux sur sa tenue et sourit.

— La personne qui a acheté toutes ces robes bain de soleil a le sens de l'élégance.

— Merci, répondit-il avec un petit sourire de fierté.

— Je me demande à qui elles étaient destinées, reprit-elle.

Il lui décocha un coup d'œil goguenard.

— Jalouse ?

— Pas du tout ! protesta-t-elle en rougissant vivement. Ce qu'elle a perdu, c'est moi qui le gagne.

Il sourit, et attendit que le steward leur ait servi le café et se soit éclipsé pour en venir au sujet essentiel.

— À propos de ce que tu gagnes, Samia… Il faut que tu me répondes, maintenant.

— Je regrette, annonça-t-elle en avalant une gorgée de café. J'ai besoin de davantage de temps.

— C'est hélas impossible.

Il sortit de sa poche un écrin de velours qu'il posa sur la table et poussa doucement vers elle du bout de l'index.

— La pierre est exceptionnelle, précisa-t-il, et elle a été taillée et montée par le plus grand bijoutier de Madlena. S'il te plaît, essaie-la.

Une bague de fiançailles officielle rejoignait le trésor de la Couronne : il s'agissait d'une pièce unique, une extravagance qui devait faire la fierté de la principauté. Aussi Luca n'avait-il pas lésiné sur les moyens. Il avait lui-même dessiné le bijou, et son dessin avait été révisé par les orfèvres de l'atelier diamantaire du palais.

Samia retint son souffle de façon visible en ouvrant le coffret et en regardant briller de toute sa splendeur la pierre verte à douze facettes, sertie de diamants et montée sur un anneau d'or pur. Sa couleur était hors du commun, semblable aux forêts d'Amazonie.

— Quel énorme caillou ! s'exclama Samia en riant. Ma grand-mère aurait adoré porter ça !

Les pales de l'hélicoptère se mirent à vrombir au-dessus de leurs têtes à l'instant où Luca avait le sentiment d'avoir pris un seau d'eau glacée en plein visage. Il attendit que l'engin aille se poser à son emplacement réservé sur le navire pour exprimer sa déception.

— Je vois, murmura-t-il.

— Tu veux aller souhaiter la bienvenue à tes invités ? suggéra-t-elle.

Comme il ne répondait pas, elle poursuivit :

— Non, sincèrement, elle est magnifique. Très voyante, mais d'une beauté spectaculaire… J'espère que je ne t'ai pas vexé ? Je me rends compte que ce vert… Tu as voulu assortir cette bague à mes yeux, n'est-ce pas ? C'est une attention adorable. Je n'avais jamais vu une émeraude d'une teinte aussi pure.

— Parce que ce n'est pas une émeraude. C'est un diamant.

— C'est vrai ?

Impressionnée, elle porta une main à ses lèvres et murmura :

— Mon Dieu… Un diamant…

— Samia, dit-il, tout ce dont j'ai besoin désormais, c'est d'une réponse. Veux-tu devenir ma femme ?

Contre toute attente, il vit la jeune femme relever vers lui un visage réjoui et s'exclamer :

— Oui !

Elle quitta son siège et esquissa un petit entrechat

sur le pont. Son excitation soudaine le laissait pantois, et… ivre de joie.

— Et même si c'est un projet complètement fou, je pense que je vais finir par m'habituer à cette idée, reprit-elle. Si tu me laisses un peu de temps, je…

— Nous n'avons pas de temps, la coupa-t-il. Nous arriverons à Madlena demain matin, en tant que mari et femme. Nous allons nous marier dans deux heures.

Samia battit des cils en dévisageant l'homme qui lui tenait ce discours insensé.

— Qu'est-ce que tu racontes, lâcha-t-elle, médusée. La publication des bans, la préparation d'un mariage princier…

— Oublie tout cela, répondit-il d'un revers de main. Je suis l'heureux propriétaire d'un horrible building flottant. L'un de ces paquebots que tu apprécies tellement…

Il lui adressa un clin d'œil et enchaîna :

— Le capitaine vient d'arriver par hélicoptère, ainsi que tes stylistes et tes esthéticiennes, un notaire et un avocat. Nous serons mariés cet après-midi. Deux d'entre eux officieront comme témoins. Domenico, mon secrétaire chargé de l'événementiel, est déjà en train de préparer la cérémonie. Ce soir, nous dînerons aux chandelles, en tête à tête, avant la nuit de noces.

Sur ces mots, il se leva et, avant de prendre congé, conclut :

— Maintenant, comme je ne suis plus censé revoir la mariée avant l'échange de nos consentements… je te laisse profiter de ton petit déjeuner.

Vingt minutes plus tard, encore sous le choc de la précipitation des événements, Samia avait fait la connaissance de Domenico, un homme dont le portrait aurait été parfaitement à sa place sur les murs d'un relais de chasse de la Renaissance – et qui, contrairement aux apparences, se révélait aussi chaleureux que plein d'humour.

Dans une sorte de sarabande endiablée, Samia se laissa masser, shampouiner, habiller, maquiller et coiffer par un trio de professionnelles aux doigts de fée. Comme dans un rêve, elle regarda sa chevelure trop épaisse se lisser devant le miroir, et ses mèches, plus lumineuses que jamais, boucler en délicates anglaises sur ses oreilles, tandis que le reste était remonté en coiffure savante – et aussi naturelle, aussi élégante que le chignon de sa chère Brigitte Bardot.

Dans la crinoline à trois jupons et au bustier en faux cœur, elle retint son souffle, comme sa généreuse poitrine semblait prendre des proportions parfaites, et que sa taille se faisait de guêpe. Jamais elle n'aurait cru possible d'avoir une silhouette aussi flatteuse dans une de ces meringues qu'elle avait coutume de railler… Alors que *sa* meringue était une splendeur ! Un chef-d'œuvre de haute couture témoignant d'un savoir-faire séculaire. La qualité des soies et des voiles, la finesse des broderies, la coupe des tissus et leur sophistication… Tout était à tomber à la renverse.

La tiare en diamants qu'on posa sur sa tête était une pièce historique, sortie d'un coffre blindé. Et ainsi, elle réalisait peu à peu qu'elle était sur le point de devenir princesse. Si seulement sa mère avait pu assister à l'événement… Elle aurait été très fière.

— Il y aura des photographes du palais, précisa Domenico en revenant dans le petit salon du yacht transformé en salon d'habillage et de coiffure.

Il la contempla en souriant et ajouta :

— Que vous êtes belle ! Je vous en supplie, dites-moi que la robe vous plaît, sinon le prince me jettera à la mer.

Elle s'esclaffa :

— Aucun risque. Je n'arrive pas à croire que vous ayez su concevoir quelque chose qui honore la tradition et corresponde en même temps si bien à mes goûts. Vous êtes devin, Domenico !

— Oh non, tout le mérite revient au prince Luca. Il m'a communiqué des instructions très précises.

Après avoir baissé un regard anxieux sur sa montre, Domenico lui offrit son bras et demanda :

— Vous êtes prête ?

Samia sentit l'émotion la déborder. Luca la devinait mieux que personne – mieux qu'elle-même. Il avait organisé cette cérémonie en un temps record, et pourtant rien n'était laissé au hasard. Elle s'en voulut de sa réaction infantile, lorsqu'elle avait vu la bague de fiançailles qui étincelait désormais à son annulaire. Un diamant rappelant la couleur de ses yeux… Quelle attention merveilleuse.

— Peut-on y aller ? insista Domenico.

— Oui, excusez-moi. Je rêvais. C'est un trait de mon caractère dont je dois me débarrasser… Je suis une incorrigible rêveuse.

— Ne vous en corrigez surtout pas, répondit-il. Sans les rêves, que serions-nous ? Avec eux, nous ne sommes jamais seuls.

Dans la salle de bord, des douzaines de guirlandes de fleurs ornaient les murs. Une estrade en chêne avait été disposée au fond de cette pièce immense, ainsi que des bancs ; l'espace entre eux formait une travée comparable à celle d'une église, menant à l'autel. Samia était heureuse d'être conduite par Domenico, qu'elle appréciait déjà beaucoup. Deux hommes de Luca entonnèrent un air nuptial à deux guitares dès qu'elle fit son entrée dans la pièce, et elle sentit son cœur s'emplir de joie. Cette touche de fantaisie la séduisait au plus haut point, et elle savait qu'elle la devait à Luca, à son désir de lui plaire.

Elle remonta vers l'estrade où il l'attendait, l'air grave. Il portait son uniforme militaire de parade, bleu marine, et ses décorations. Dans cette tenue, il était impressionnant.

Elle avait soudain conscience de ce qu'il incarnait : un homme d'État, responsable de la sécurité de son pays, déjà bardé d'honneurs pour son service dans l'armée.

Une angoisse monta en elle. Était-il sûr de ce qu'il faisait ? N'allait-il pas très vite regretter de l'avoir choisie, elle, plutôt qu'une vraie princesse ? Que ressentait-il ?

La cérémonie fut prononcée si vite qu'elle n'eut pas le temps de douter, ni d'éprouver autre chose qu'une folle excitation dans son cœur.

— Oui, répondit-elle à la question cruciale.

— Oui, dit Luca.

— J'ai l'immense plaisir et l'honneur insigne de vous déclarer mari et femme. Vous pouvez embrasser la mariée, conclut, tout sourires, le capitaine.

Tout son corps frémit d'impatience et de plaisir lorsqu'elle sentit les lèvres de Luca effleurer les siennes d'un baiser d'une infinie délicatesse.

— Ne crains rien, ma chérie, souffla-t-il à son oreille. Je vais prendre soin de toi, désormais.

L'émotion l'étranglait. Elle plongea son regard dans le sien – si tendre, si bienveillant.

— Merci, murmura-t-elle.

Un conte de fées. Elle devait être en plein conte de fées. Et elle n'avait aucune envie de se réveiller.

13.

Un orchestre de jazz face au coucher du soleil, sur une mer d'huile. Des danses d'un romantisme irréel, les yeux dans les yeux avec *son mari*. Le rire de Domenico, chaque fois qu'il lui écrasait les pieds dans leur cha-cha-cha. Des fontaines de champagne. Elle tenait sans cesse à porter un toast aux stewards, au chef, à son équipe d'esthéticiennes. L'ivresse légère que procurait cet alcool de fête. Les félicitations de chacun.

Et le sourire magique de son prince, chaque fois qu'il posait une main sur sa taille et répétait à tous sa fierté de l'avoir pour épouse.

Cette journée semblait n'avoir duré qu'une seconde et pourtant, tout avait changé pour Samia. Son bonheur la grisait, même s'il s'y mêlait une forte angoisse. Comment être à la hauteur ? Pour Luca et pour Madlena ?

— Tu ne passes pas un test de bravoure, murmura-t-il à son oreille comme s'il avait lu dans ses pensées.

Elle ferma les yeux et entrelaça ses doigts dans les seins, tandis qu'ils dansaient une valse sous les étoiles. À son annulaire, elle sentait maintenant le poids léger de la sublime alliance en platine qui voisinait sa bague de fiançailles. Leurs hôtes s'étaient éclipsés depuis un long moment, et le pont du yacht leur appartenait.

— Tu n'as rien à prouver à personne, ajouta-t-il.

Cet homme était-il réel ? Pour la première fois de sa

vie, elle commençait à croire possible qu'un mari soit à la fois un amant prodigieux et… son meilleur ami. Quelqu'un qui la soutiendrait toujours, qui l'encouragerait à devenir pleinement elle-même, à s'épanouir.

Bouleversée par sa délicatesse, elle se hissa sur la pointe des pieds, enroula ses bras autour de son cou et l'embrassa d'un élan passionné.

Luca parut surpris, mais il répondit très vite à son embrasement, happant ses lèvres avec une langueur étourdissante. Leur étreinte s'enfiévra à tel point que, sans un mot, ils l'interrompirent pour se précipiter, main dans la main vers la cabine de Luca.

Domenico avait transformé les lieux en suite nuptiale : une trentaine de candélabres éclairaient la chambre d'une lumière tamisée, et d'immenses bouquets de roses embaumaient la pièce. Mais Samia admirerait les efforts de son ami plus tard, pensa-t-elle, tandis qu'un brasier s'allumait en elle. Elle avait follement envie de lui, et elle ne se sentait plus aucune réserve. Elle voulait découvrir le corps de Luca, l'apprivoiser et lui donner autant de plaisir qu'il était capable de lui en donner.

— Bon sang, il va me falloir au moins trois heures pour te retirer cette robe, gémit-il sous sa bouche, tandis qu'elle l'embrassait voracement.

Elle rit et protesta :

— Tu te plains ? Pauvre de toi…

Il lui retourna un regard faussement choqué.

— Tu me mets au défi, ma chérie ?

— Oui, confirma-t-elle.

Il déposa une traînée de baisers brûlants dans son cou, là où la peau était très fine, très sensible, et aussitôt elle sentit le sang qui coulait dans ses veines se changer en lave. Une nouvelle fois, leurs bouches se rencontrèrent, et elle se laissa entraîner par la force de leurs baisers. Les lèvres de Luca étaient fraîches, fermes, exigeantes. Il l'attirait toujours plus près, et les effluves de son parfum caressaient ses narines, tentateurs.

Elle sentit sa main s'aventurer dans son dos, et elle l'aida à trouver un premier cordon tandis qu'elle baissait un zip latéral du bustier. En moins d'une minute, la partie supérieure de la robe tomba à terre. Il contempla sans mot dire sa poitrine moulée dans un soutien-gorge pigeonnant dont chaque dentelle et chaque broderie avaient été réalisées à la main.

— Il te plaît ? demanda-t-elle très bas.

— *Tu* me plais, corrigea-t-il. Infiniment, Samia.

Ses seins durcissaient. Elle avait très chaud. Tellement chaud que la moiteur de son sexe devenait embarrassante, et que les ondes de désir qui fusaient en elle la tyrannisaient. Elle avait désespérément envie de ses caresses.

— Enlève ça, dit-elle en se jetant sur les boutons de sa redingote.

Ses doigts étaient tellement fiévreux qu'elle trembla en le débarrassant de ce vêtement trop strict.

— Et ça, dit-elle tout bas en défaisant son nœud de cravate, avant de déboutonner sa chemise.

Un silence incandescent hantait la pièce. Elle entendait les battements frénétiques de son cœur se réverbérer contre les murs. Luca se laissait faire, les pupilles dilatées, sans la quitter des yeux.

Quand il fut torse nu face à elle, elle ne put retenir plus longtemps son désir de poser ses lèvres sur ses épaules si rondes, ses biceps, ses pectoraux impeccablement dessinés. Du bout des doigts, elle caressa la fine toison brune qui courait jusqu'à la boucle de sa ceinture, mais se poursuivait forcément, hors de sa vue. Sa peau de bronze était fine et douce, ses muscles durs comme la pierre… De la pointe de sa langue, elle savoura le goût d'ambre de son corps viril.

Puis elle releva les yeux vers lui.

— C'est moi qui vais enlever ça, prévint-elle en posant la main sur sa ceinture, qui glissa de son pantalon avec un chuintement érotique, avant de rejoindre le reste du tas de vêtements sur le sol.

Ayant ouvert le bouton de sa braguette et baissé le zip, elle lui ôta son pantalon et contempla, électrisée, la puissance de son érection sous le tissu marine de son boxer.

Poussée par un désir dont elle faisait l'expérience pour la première fois, elle caressa cette forme intrigante d'une main aventureuse, tandis qu'il lâchait un soupir entre ses dents serrées.

— Samia…

C'était chaud et dur, et tellement excitant qu'elle passa sous le coton pour toucher la partie lisse et délicate de son sexe, par un effleurement d'une infinie douceur. Mais à peine eut-elle accompli ce geste qu'il lâcha un grondement avant de la soulever dans ses bras et de la faire basculer sur le lit. Ils roulèrent ensemble, enlacés, s'embrassant à pleine bouche tels des fous, puis, elle se remit à caresser son sexe pendant qu'il se penchait sur ses seins, agaçant leur dard rose de ses caresses languides et faisant jaillir en elle des vagues de plaisir.

— Oh oui, Luca, oui ! Encore…

Sans même qu'elle s'en rende compte, il parvint à la défaire de sa somptueuse jupe et à arpenter ses cuisses de ses mains en feu. Si lentement, si patiemment que la torture en devenait insoutenable. Enfin, il remonta vers son sexe et, poussant le triangle de soie de son string, introduisit un doigt dans son antre humide.

Comme elle ondulait de plaisir, fondant sous ses caresses expertes, il ne tarda pas à se pencher sur son bas-ventre.

Dès qu'elle sentit ses lèvres se poser sur son clitoris, elle ne put réprimer un cri de plaisir. Les sensations qui fusaient en elle atteignaient un tel degré d'intensité qu'elle ne pouvait plus respirer. Audacieuse, douce et ferme, la langue de Luca faisait palpiter son sexe ouvert, s'y insinuait de plus en plus profondément. Emportée par un torrent furieux, elle sentit la vague ultime monter…

— Luca ! gémit-elle, tandis que tout son corps explosait en millions de particules de plaisir.

Mais cet orgasme ne suffisait pas. Elle en voulait *davantage*. Loin d'être repus, son désir la débordait, sa chair se tordait d'un besoin irrépressible – elle avait envie de le sentir en elle.

Alors qu'elle était pantelante, elle se redressa, le poussa et le fit basculer sur le dos. Avant qu'il n'ait eu le temps de protester, elle baissa son boxer sur ses chevilles et commença par caresser son sexe de ses seins nus. Dès qu'elle le vit fermer les yeux, elle glissa plus bas sur le lit et pencha sa tête au-dessus de son érection, avant de le prendre dans sa bouche.

— Samia ! geignit-il, comme elle découvrait, fascinée, le goût salé de sa peau si lisse et si fine.

Son cœur battait à se rompre, et elle éprouva une sensation jouissive et inconnue – celle de lui procurer enfin le même plaisir que celui qu'il lui donnait. Elle adorait sentir son sexe gonfler et durcir encore entre ses lèvres, alors qu'elle se contentait de lui prodiguer des caresses d'une légèreté aérienne, et de promener sa langue sur son impressionnante longueur.

Les mains de Luca, qui se posèrent sur ses poignets, l'interrompirent brutalement.

— Viens, murmura-t-il.

Il enfouit son visage dans son cou, y déposa une myriade de baisers brûlants et s'enquit :

— Tu veux bien ?

— Oui. Je te veux en moi, Luca. Maintenant… Je t'en prie.

Il se pencha vers la table de chevet pour en ouvrir le tiroir et y prendre un préservatif.

Un instant plus tard, ivre de désir, elle s'accrochait à son cou et sentait enfin la brûlure de son premier coup de reins.

Elle retint son souffle. Le brasier de ses émotions semblait partir d'une nouvelle flamme, plus furieuse. Lentement, il entra encore en elle, dans un mouvement tellement languide qu'il en devenait infernal. Il la pénétrait de façon si progressive qu'elle bascula la tête en arrière et supplia :

— Oh ! je t'en prie ! Viens, viens !

— Tu en es certaine, chérie ?

— Oh oui ! Je t'en prie… Maintenant !

Luca imprima alors un va-et-vient sauvage à leur étreinte. À l'unisson, collés l'un à l'autre, en sueur, ils ondulaient sur un même rythme. L'union de leurs chairs était parfaite, et la sensation de plaisir absolue. Samia se laissa porter par la mystérieuse danse qu'elle suivait à l'instinct, le regard rivé à celui de Luca – quand ils n'échangeaient pas des baisers incandescents. Chaque atome de son corps était une sensation. Un feu liquide courait sous sa peau, et son cœur battait à coups lourds. Rien de ce qu'elle avait connu jusqu'alors ne ressemblait à cela : elle vibrait de plaisir en partageant de manière absolue son intimité avec son mari. Un homme qui allait et venait en elle, et auquel elle voulait s'offrir et s'abandonner, encore et encore… *Toujours*.

En sueur, elle planta ses ongles dans son cou comme elle sentait venir la vague du plaisir ultime. Ils se rejoignirent dans la volupté par un seul cri avant de retomber, haletants, l'un contre l'autre sur le matelas.

Un seul mot lui venait à l'esprit, tandis que son cœur affolé tentait de recouvrer un rythme normal. *Magique*.

Luca était magique. *Ensemble*, ils se donnaient quelque chose de *magique*.

La nuit fut longue et blanche, riche encore de bien des découvertes pour Samia. Elle prenait conscience qu'elle extirpait son corps d'un long sommeil… Et que son cœur subissait le même phénomène. Lorsqu'elle s'endormit au creux de l'épaule de Luca, l'aurore venue, elle sut qu'elle avait changé. Et que rien ne serait plus jamais comme avant.

En s'apprêtant à débarquer de *Diamant noir* sur le port de Madlena, Samia ne parvenait pas à se détacher du sentiment de vivre, dans sa chair comme dans son âme, une authentique révolution. La nuit qu'elle venait de partager avec Luca l'avait rendue plus proche de lui qu'elle ne l'aurait cru possible. Comme s'il faisait partie d'elle, désormais, comme s'ils étaient chacun devenus un prolongement de l'autre.

De tout son cœur, elle espérait que son époux éprouvait la même chose, mais il se préparait à livrer un discours à son peuple, et il lui était impossible de percer ses pensées. Cinq ans de mariage… Elle frémit. C'était déjà inconcevable.

— Alors ? s'enquit-il, comme elle le rejoignait dans son bureau. Comment te sens-tu, au moment de découvrir ton nouveau pays ?

— Très bien, mentit-elle.

Elle avait revêtu une robe bordeaux à col bateau, seyante et assez stricte, avec des escarpins assortis. Domenico lui avait laissé la veille un petit guide rédigé par ses soins, afin qu'elle sache toujours quelle tenue choisir pour les occasions officielles. Elle aurait dû se sentir pétrifiée d'angoisse à l'idée de se tenir devant une foule inconnue. En cet instant, elle aurait dû avoir envie de disparaître entre les lattes du plancher, à la perspective d'endosser son rôle de princesse et les responsabilités qui allaient avec.

Or il n'en était rien. Elle regardait Luca, sublime dans son costume blanc. Plus élégant que jamais. Et elle comprit qu'elle était tombée follement – éperdument – amoureuse de lui.

Son mari était au centre de ses pensées. Ni parce qu'il était prince ni parce qu'il était milliardaire… Mais parce qu'elle vivait les plus beaux moments de sa vie depuis qu'elle le connaissait. Parce qu'il était drôle. Charmeur et charmant. Parce qu'il se montrait avec elle aussi patient que bienveillant. Qu'avec lui, elle ne se sentait plus seule mais épaulée et choyée. Parce qu'il était la seule personne avec laquelle elle avait envie de tout partager, ses joies comme ses peines.

Oui, elle l'aimait.

Cette révélation était si violente que Samia débarqua sous les hourras sans vivre l'instant présent. Elle était là, mais elle était ailleurs. En automate, elle sourit, secoua joyeusement la main en guise de salut et se tint ensuite très droite, à côté de Luca, pendant qu'il s'exprimait dans le micro.

On avait aménagé une luxueuse estrade pour le couple princier, sur le quai où s'était pressés une foule de journalistes et, plus loin, des milliers d'habitants curieux de découvrir le visage de leur nouvelle princesse.

Enfin, comme le discours de Luca était accueilli par la liesse populaire, elle s'efforça de sortir de sa torpeur.

— Samia ? s'inquiéta-t-il, après avoir coupé le micro. Tout va bien ?

— Je… Je suis impressionnée, admit-elle. J'ai eu un moment de timidité, mais je me sens mieux, maintenant.

— Tout va bien se passer ma chérie. Tu es sublime,

dit-il en la couvant d'un regard gourmand. Et je ne suis pas le seul de cet avis.

Elle rit et sentit son cœur déborder d'émotion en contemplant les milliers de visages souriants tendus vers eux.

Un moment après, ils traversaient la ville en limousine. Les rues étaient bondées, les trottoirs noirs de monde. Visiblement, partout les citoyens de la principauté se réjouissaient de leur arrivée.

— C'est toi qu'ils veulent voir et qu'ils acclament ! fit observer Luca en souriant.

Samia adressa aussitôt de chaleureux saluts au travers de la vitre teintée, et entendit sur-le-champ la réponse réjouie de la foule qui redoublait de ferveur.

Enfin, quand ils parvinrent au palais, Luca fit lui-même le tour de la limousine pour lui ouvrir la portière, avant de lui donner le bras afin de gravir les marches du perron.

Grâce au guide qu'elle avait lu avec avidité au matin, Samia savait que le palais royal de Madlena abritait l'ensemble du gouvernement et les plus importantes administrations du pays depuis plus de trente ans. Seul un appartement privé, au dernier étage, était encore réservé à la famille princière.

Alors qu'ils pénétraient dans le grand hall, elle se tourna vers son mari.

— C'est la première fois que tu reviens ici en tant que souverain. Comment te sens-tu ?

Il prit sa main dans la sienne et la serra très fort.

— Comme quelqu'un qui entame une nouvelle ère… Après la fin douloureuse de la précédente.

Il avait prononcé des mots à peu près semblables lors de sa courte allocution. « Mais après cette épreuve, ensemble, nous donnerons à Madlena une nouvelle impulsion, pour que chaque citoyen sache que chez nous il est possible de donner corps à ses rêves », avait-il conclu sous un tonnerre d'applaudissements.

— Viens, dit-il en l'entraînant à sa suite. La journée ne fait que commencer.

14.

La première journée à Madlena s'était en effet révélée longue et harassante pour Samia qui découvrait tout en même temps : son pays, le protocole, le peuple et les membres du gouvernement, la ville et le palais royal… Mais en fin de soirée, comme ils en avaient enfin terminé avec les charges et se retrouvaient seuls, Luca se réjouit que son épouse apprécie l'appartement princier. Il était certain que ce lieu historique saurait la séduire, avec ses fresques murales et sa vue sur le parc. Samia s'était mise à sautiller d'enthousiasme dans chaque salon, chaque chambre, chaque salle de bains, avant de tomber nez à nez avec une femme de chambre.

Luca lui avait promis qu'il allait rompre avec la tradition de l'armée de domestiques mise à leur service dans le logement.

— Viens tester le lit tout neuf, susurra-t-il dès qu'elle sortit de la douche pour le rejoindre dans la chambre.

Il s'était allongé en travers du lit en l'attendant.

— Tout neuf ? répéta-t-elle.

— Il a été livré ce matin. Et comme les princes ont besoin d'un confort de literie exceptionnel, j'aimerais que nous passions une partie de la nuit à vérifier que ce matelas nous convient vraiment. Qu'en dit ma princesse ?

— Que tu as raison, acquiesça-t-elle en lui rendant

son œillade langoureuse. C'est un achat important, et nous devons en être satisfaits à cent pour cent.

Tout au long de la journée, il avait songé à leur nuit de noces, à leurs étreintes, à la manière dont Samia s'était épanouie dans ses bras, telle une fleur privée trop longtemps de soleil. Sa femme était une tigresse. Jusqu'au bout de ses griffes.

— Un peignoir est un vêtement beaucoup plus facile à ôter qu'une robe de mariée, observa-t-il en lui faisant signe de le rejoindre. Pour les cinq années à venir, je propose que tu ne portes plus que cela !

Un recoin de sa conscience enregistra la réaction de Samia. Elle avait blêmi. Mais il n'eut pas besoin de s'y attarder avant le lendemain matin.

Oui, elle avait été follement heureuse dans les bras de Luca durant la nuit. Mais oui : sa décision était prise.

Samia s'éveilla avec l'impression étrange d'y voir enfin clair et d'en avoir le cœur retourné. Désireuse de ne pas réveiller Luca, elle se glissa hors du lit et se faufila jusque dans le dressing sur la pointe des pieds.

Elle trouva ses affaires, que Domenico y avait fait porter, et se sentit soulagée à la vue de la paire de bottes de sa mère. Après avoir enfilé son short, son vieux T-shirt et sa veste en coton, elle passa les vieilles chaussures et alla poser uniquement sa bague de fiançailles sur la table du salon – puisque son alliance refusait obstinément de quitter son doigt.

— Mais qu'est-ce que tu fabriques ?

Zut. Quel bruit avait-elle pu faire ? Pourquoi était-il debout ? Le cœur brisé, elle décida de lui opposer un volontarisme intraitable. Pas question de le laisser tenter de lui faire changer d'avis – or il essaierait forcément.

— Je m'en vais, Luca. Je te quitte.

Il avait enfilé une chemise sur son boxer. Ses cheveux ébouriffés et ses yeux encore engourdis par le sommeil le rendaient plus séduisant que jamais. Il était pieds nus, et elle ne parvint pas à détacher son regard de son torse de dieu grec.

— Quoi ? coassa-t-il.

— Je te quitte, répéta-t-elle. Désolée, mais je ne peux pas faire ça. Je n'y arriverai pas, je le sais.

— Mais nom d'un chien, de quoi parles-tu ? gronda-t-il.

— De tout cela ! s'exclama-t-elle en désignant l'appartement et la ville, au-delà du palais. Une journée m'a suffi. Je t'avais prévenu. Les visites, les poignées de main avec des gens en costume, les discours et les palais, tout ce faste… Ce n'est pas pour moi. Je ne saurai pas m'y habituer.

— Bien sûr que si, voyons, rétorqua-t-il. La journée d'hier a été infernale, mais ce ne sera pas toujours…

— Ne te donne pas la peine de vouloir me convaincre, l'interrompit-elle. Ça ne marchera plus. Tu n'avais qu'à m'écouter. C'est terminé, notre arrangement est rompu.

— Notre arrangement ? répéta-t-il d'un ton furieux. C'est ainsi que tu appelles notre mariage ? Parce que nous sommes mariés, au cas où tu l'aurais oublié !

Elle haussa les épaules.

— Justement. Nous ne nous connaissons même pas. Cette histoire est absurde.

— Il me semble, au contraire, que nous avons déjà appris à bien nous connaître, toi et moi. Que nous avons déjà vécu des choses très intenses, tous les deux. Que nous avons échangé des confidences, que nous avons vécu des moments très agréables et…

— Et c'est fini, trancha-t-elle.

Muet de stupeur, il la contempla un instant, les yeux ravagés par l'incompréhension, et elle sentit une lame s'enfoncer cruellement dans sa poitrine.

— Tu viens donc de décider que notre mariage avait

une date de validité et qu'elle a expiré ? demanda-t-il d'un ton incrédule.

— C'est *toi* qui as décrété le premier que notre mariage était à durée limitée, accusa-t-elle.

— Eh bien, j'ai changé d'avis.

Elle ne s'attendait pas à cette réplique et en fut très décontenancée.

— Je... Je ne te crois pas, balbutia-t-elle. Et de toute façon, je ne peux pas devenir une princesse.

— Tu *es* une princesse ! s'écria-t-il en levant les yeux au ciel. Et personne n'attend rien d'autre de toi que tu sois toi-même ! Moi le premier. Alors cesse d'accorder une attention démesurée à des détails sans importance, comme le décorum et quelques poignées de main... C'est ça qui est absurde.

— Tu m'as bien regardée ? Tu trouves vraiment que je ressemble à une princesse ? protesta-t-elle en désignant sa tenue.

Il haussa les épaules.

— À mes yeux tu es sublime. Même si tes bottes mériteraient un bon séjour chez le cordonnier.

Malgré elle, elle ne put réprimer un sourire. L'humour de Luca était contagieux, mais... Pas question de flancher.

— Ces bottes, insista-t-elle en croisant les bras sur sa poitrine, sont ce que je suis. Et si elles m'empêchent d'avoir l'air d'une princesse à tes yeux, eh bien, cela signifie que je n'en suis pas une, que je ne le serai jamais ! Personne n'a jamais fait rentrer une clé en cylindre dans une serrure carrée.

Il lui renvoya un regard indéchiffrable et rétorqua froidement :

— Je ne sais peut-être pas réaliser ce tour de force, mais je connais quelqu'un qui saura. Attends-moi une minute.

— Pour quoi faire ?

— Je vais m'habiller, et je t'emmène quelque part. Si tu veux toujours partir ensuite, je ne t'en empêcherai pas. Mais accorde-moi une heure. Ce n'est pas trop demander, tu ne crois pas ?

Après avoir pris une douche glacée et enfilé un jean et une chemise, Luca parvint à convaincre Samia de s'installer à l'arrière de sa Harley. *Une heure.* Elle ne pouvait pas lui refuser ça. En une heure, il saurait lui prouver que le mot princesse n'était pas coulé dans le marbre, que tous les modèles du genre pouvaient exister.

L'aube se levait sur le palais quand ils le quittèrent pour gagner, en quelques minutes, le quartier des artistes de la capitale. Dans un entrelacs de petites rues pavées s'élevaient d'anciens ateliers aux murs couverts de lierre, dans le secret desquels officiaient les peintres et les musiciens les plus réputés de Madlena.

Luca gara sa moto dans la cour arborée du vieil immeuble qui lui était si familier, et conduisit la jeune femme au dernier étage.

— C'est extraordinaire, murmura-t-elle, visiblement séduite.

— Cet immeuble ne contient que des ateliers communautaires, expliqua-t-il. Chacun dispose de son espace mais sans attribution définitive, les artistes changent de place régulièrement, ce qui leur permet de bénéficier d'une lumière différente. Il y en a qui résident sur place. En fait, on leur donne carte blanche… C'est ainsi que ma *nonna* a conçu ce lieu.

— Ah bon ? Ta grand-mère a fait du mécénat pour les artistes ?

— Bien sûr. En tant qu'artiste elle-même, c'était sa priorité. À l'époque où le palais royal tombait en ruines, elle s'est retroussé les manches et a elle-même entamé la restauration des fresques de plafond. Puis elle a constitué une équipe. À soixante-dix-huit ans, elle grimpe encore au sommet d'une échelle, à dix mètres de hauteur, pour sauver des peintures endommagées par le temps et l'humidité…

— Mais… Tu veux dire que ta grand-mère est…

— *Nonna* ! cria-t-il en repérant la vieille dame.

Vêtue de sa blouse peine de taches et d'un pantalon de travail, elle semblait aussi menue qu'un petit oiseau, et Luca la serra tendrement dans ses bras, tandis que Samia le suivait, visiblement éberluée.

— Luca, mon petit vaurien ! s'exclama-t-elle en l'embrassant avec affection. Comment se fait-il que tu ne sois pas venu me voir plus tôt ?

Il sourit et répliqua d'un ton moqueur :

— Parce que j'ai suivi ton conseil, *nonna*. Je suis allé me chercher une épouse.

— Comme s'il t'arrivait de suivre mes conseils ! railla-t-elle. Et pourtant…

Elle passa devant lui, un large sourire aux lèvres, avant de s'enquérir :

— Eh bien ? Tu ne me présentes pas ?

— Mais si. Princesse Aurélia, permets-moi de te présenter ma femme…

— Samia, annonça celle-ci d'une voix timide, en esquissant une petite révérence. Juste Samia.

— Oh ! Un esprit libre ! se réjouit sa grand-mère en serrant chaleureusement la main de la jeune femme. Je l'ai su tout de suite !

Elle se rapprocha d'elle pour enchaîner :

— Pas une fille qui ne rêve que de chiffons, ni une intrigante qui aime les jeux politiques… Non. Une vraie femme qui connaît la vie et qui l'affronte avec courage. Ainsi que le confirment vos bottes, mon petit.

Elle parut enchantée par le choix de son petit-fils et demanda d'une voix inquiète à Samia :

— Alors ? Vous voici responsable de cet homme ?

Veillez bien sur lui. Je ne supporterais pas qu'on lui fasse du mal. Mon cœur appartient à mon petit Luca.

Reportant son attention vers l'intéressé, elle fronça les sourcils.

— Vilain garçon. Pourquoi t'a-t-il fallu tellement de temps pour devenir quelqu'un de sensé ?

— Tu ne m'as pas dit toi-même que les princesses idéales ne poussaient pas sur les arbres ? se défendit-il.

La vieille dame secoua la tête d'un air blasé.

— Même si elles y poussaient, tu passerais sous les branches sans les voir. Je suppose qu'il a fallu que Samia se fracasse contre toi ?

Luca échangea avec Samia un regard stupéfait. Puis ils éclatèrent de rire tous les deux.

— Comment avez-vous pu deviner ? s'étonna son épouse en dévisageant son aïeule.

— Oh ! C'est très simple. Parce que Luca n'a jamais su s'épanouir que dans l'imprévu, et que je vois à son regard qu'il est éperdument amoureux de vous.

Samia écarquilla les yeux.

— Vous voyez cela ? souffla-t-elle, interdite.

Les deux femmes s'éloignèrent de lui, bras dessus, bras dessous, tandis qu'un vieil artiste venait saluer Luca, qu'il connaissait depuis qu'il était tout petit.

— Mais naturellement ! reprit Aurélia en souriant à Samia. Comment pouvez-vous en douter ? Mon petit-fils ne fait jamais rien comme tout le monde, et le simple fait qu'il vous ait conduite jusqu'ici en dit très long sur ses sentiments !

— Vous croyez, murmura Samia, profondément troublée.

— J'en suis certaine.

— Mais je…

— Vous n'êtes pas sûre d'avoir envie d'être une princesse ?

Une nouvelle fois, Samia fut sidérée par la perspicacité de la vieille dame.

— Eh bien, oui, c'est vrai, avoua-t-elle.

— C'est bien normal, mon petit. Moi aussi j'ai été terrifiée, quand ça m'est tombé dessus. J'étais déjà une artiste quand j'ai rencontré le grand-père de Luca. Même à cette époque, j'étais très peu conventionnelle. Mais vous savez, quand on aime quelqu'un, il est très facile de se mettre à aimer tout ce qu'il aime. Ce tout petit pays et les gens qui y vivent sont merveilleux. Ils ont besoin d'une princesse comme vous, et vous allez sans doute découvrir que vous aussi, vous avez besoin d'eux. De leurs attentes, de leurs rêves, de leur affection… Et même de leurs critiques. Et puis, ils ont besoin d'une famille royale qui ne soit pas juste une image toute rose sur papier glacé. Comme moi, vous allez leur prouver que nous sommes faites de chair et de sang.

Elle s'interrompit, leva vers elle son pétillant regard noisette et conclut :

— Bienvenue dans notre famille, ma chérie.

Après avoir laissé sa Harley sur le parking du palais, Luca conduisit sa femme dans les jardins privés. Au milieu des buis taillés, il se retourna vers elle et demanda :

— Eh bien ? Quel est ton avis sur la dernière princesse de Madlena ?

— Ta grand-mère est extraordinaire, admit-elle en approchant d'une longue plantation de rosiers. Il est impossible de ne pas tomber amoureux d'elle. Tu dois être très fier.

— Très, confirma-t-il. C'est elle qui nous a élevés après la mort de nos parents. Et puis elle a eu envie de renouer avec sa vie bohème, de revivre dans un atelier communautaire, et elle a souhaité que Pietro se charge de moi.

— Quelle femme formidable !

— Et quelle princesse, ajouta-t-il. Car le peuple de Madlena est fou d'elle. Peut-être parce qu'elle a une personnalité hors norme, ou bien parce qu'elle a été très présente dans toutes les œuvres de charité du pays, depuis un demi-siècle. Mais elle n'aimerait pas servir de modèle imposé, et j'ai plutôt envie que nous inventions notre propre façon d'être prince et princesse. Parce que je te le demande encore, Samia. Sois ma princesse. Je ne peux pas envisager ma vie sans toi. Tu es la femme de ma vie. L'amour de ma vie. Et même si je me montre très maladroit, je veux te dire chaque jour combien je t'aime. Je t'aime comme un fou.

— Oui, s'il te plaît, redis-le.

— Je t'aime. Je veux que tu sois sans cesse près de moi. Tu es bien plus que ma princesse. Tu es la femme dont je suis amoureux et que j'aimerai jusqu'à mon dernier souffle.

— J'adore le son de ces mots, avoua-t-elle en se jetant à son cou, avant de plonger son regard dans le sien.

— Tu l'*adores* ? répéta-t-il en fonçant les sourcils. Comme tu adores les hamburgers ? Mais, et moi dans tout ça ?

— Toi, je t'aime *et* je t'adore, dit-elle en le couvant d'un long regard amoureux.

— Pas plus que moi.

Épilogue

Un an plus tard

La bénédiction de mariage de Luca et de Samia eut lieu le jour de la fête du prince Pietro. Luca avait fait en sorte que le calendrier de Madlena observe désormais une journée fériée en hommage à la mémoire de son frère bien-aimé.

Dans la somptueuse nef de la cathédrale gothique résonnèrent les grandes orgues, tandis que le soleil filtrait par la majesté des antiques vitraux.

Une foule venue des quatre coins du globe tenait à célébrer le prince Luca et la princesse Samia. L'événement donnait certes lieu à la production de toute sorte de produits à l'effigie du couple royal, mais il permettait aussi d'inaugurer avec faste la campagne promotionnelle de la princesse en faveur du tourisme à Madlena, qui s'appuyait sur des œuvres réalisées par les artistes membres du collectif de sa belle-grand-mère. Et puis… La principauté avait un autre motif de liesse nationale, car la princesse Samia attendait un heureux événement !

Domenico insista pour reprendre son rôle et escorter la jeune femme jusqu'à l'autel où l'attendait son prince charmant, tandis que la princesse Aurélia, vêtue pour l'occasion d'une étonnante robe rose, et arborant tous ses diamants, se tenait auprès de son petit-fils.

Libre depuis près de onze mois, le père de Samia s'était installé en Écosse, sur les terres qui lui avaient été restituées grâce à Luca. Il ne jouait plus, et coulait une retraite paisible en s'adonnant aux joies de la pêche.

— Même si je dois dire que cela me rend malade de te rendre à ce pirate, je dois avouer que depuis que tu es sa femme, il est devenu beaucoup plus fréquentable, maugréa Domenico, comme ils approchaient des marches de l'autel.

— Tu vois que rien n'est perdu, vieux fou, répliqua sèchement Luca.

Samia se retint de rire et sentit son cœur déborder d'amour en se tenant auprès de son mari.

Dans le costume officiel, en noir et or, il était irrésistible, parce que… Parce que c'était son homme, son Luca, et qu'elle l'adorait. Il avait restauré sa confiance en elle, sa confiance en la vie et, grâce à lui, elle avait recouvré la liberté.

Tous deux brûlaient d'impatience de connaître le futur petit prince ou la future petite princesse dont tout le palais préparait l'arrivée. Machinalement, Samia posa une main sur son ventre. Sa robe avait dû être ajustée à sa grossesse de cinq mois. Dentelles et soies blanches, cascades de broderies : il s'agissait encore d'une meringue, mais elle était enchantée de la porter… ne serait-ce que pour faire mentir Luca, qui avait affirmé au couturier que sa femme refuserait d'être déguisée en princesse de conte de fées. Qu'en savait-il ? Le conte de fées avait du bon !

— Tu es très en beauté, dit Luca d'une voix émue. Comme toujours. Cette robe est exquise, mais… j'ai hâte de te l'enlever.

— Chut ! souffla-t-elle en désignant l'archevêque du coin de l'œil, et en tâchant de garder la tête bien droite.

Car Aurélia avait insisté pour qu'elle porte sa tiare en

diamants, une couronne ancienne, magnifique, et beaucoup plus lourde que celle qu'elle arborait un an plus tôt.

— Il faudra aussi que tu enlèves ce truc avant que je te fasse l'amour, fit observer Luca.

— Tu es tellement romantique, chéri, railla-t-elle.

— Tu trouves ? Eh bien, sache que si c'était à refaire, je ne changerais rien.

— J'espère bien, chuchota-t-elle. Parce que je t'aime.

— Moi aussi, je t'aime. De tout mon cœur. De tout mon corps, et de…

— Quelle coïncidence ! intervint la voix persifleuse de Domenico derrière eux.

Luca et Samia se retournèrent d'un seul mouvement, et le vieil homme fronça les sourcils pour leur faire comprendre que la cérémonie avait commencé.

— Parce que, moi aussi, j'aime Samia, déclara-t-il très fort. Et je l'aimerai jusqu'à la fin de mes jours.

— Mais moi le premier, répliqua Luca en lui adressant un clin d'œil.

Retrouvez en janvier 2021,
dans votre collection

AZUR

Mon scandaleux secret, de Heidi Rice - N°4290
Cinq ans. Voilà cinq ans que je me suis perdue dans les bras d'Alexi Galanti. Bien qu'il m'ait cruellement rejetée après cette fabuleuse nuit à Monte-Carlo, je n'ai aucun regret. Comment le pourrais-je, alors qu'un enfant est né de notre union ? Mon fils est mon trésor, ma raison d'être – et le portrait de son père ! J'ai longtemps gardé pour moi ce tendre secret, or aujourd'hui que je me retrouve face à Alexi je sais qu'il est temps de lui révéler la vérité. Même s'il me déteste aussi fort que je l'aime…

Dette à un Sicilien, de Jane Porter - N°4291
« Tu as une dette envers moi. » Les mots de Marcu Uberto causent un choc à Monet. Si cet homme l'a bien aidée à fuir Palerme huit ans plus tôt, elle n'imaginait pas le revoir après tout ce temps et encore moins qu'il lui réclamerait ainsi son dû ! Toutefois, Monet n'a qu'une parole et se résout donc à aider Marcu comme il l'exige… en jouant le rôle de nounou auprès de ses enfants. Sitôt de retour dans le château du beau Sicilien, Monet sent l'inquiétude la gagner. Non seulement elle n'appartient pas au même monde que Marcu, mais elle ressent pour lui les mêmes sentiments interdits qu'autrefois…

L'héritier de Montegova, de Maya Blake - N°4292
Parce que le royaume de Montegova mérite un souverain exemplaire, le prince Zakary ne s'autorise aucune faiblesse. Du moins, jusqu'à ce qu'il séduise Violet, sa splendide collaboratrice. Cela fait des années que tous deux s'attirent et se repoussent, et ce manège a eu raison de ses dernières résistances… Or, maintenant qu'il vient de découvrir que la jeune femme est enceinte, Zakary se retrouve dans une situation impossible. Car Violet refuse de l'épouser ! Résolu à la faire changer d'avis, Zakary l'enlève et la conduit sur son île privée des Caraïbes. Dans ce lieu enchanteur, comment Violet pourrait-elle lui résister ?

Marié à une inconnue, d'Abby Green - N°4293
Elle ne reconnaît pas son époux, mais elle exulte à son contact… Après un grave accident, Sasha se réveille amnésique. Comment a-t-elle pu oublier s'être mariée avec Apollo Vasilis, le sublime Grec à son chevet ? Si elle est d'abord incapable de se souvenir du jour où il l'a conduite à l'autel, des bribes d'une nuit passée avec Apollo lui reviennent bientôt avec fracas. Une réminiscence qui éveille en elle un brusque désir… Quel est ce secret qui plane entre eux ? À mesure que Sasha redécouvre son mari, la vérité s'impose à elle, sombre et envoûtante…

Le bébé d'une innocente, de Jennie Lucas - N°4294

Il ne l'a jamais touchée, et pourtant elle porte son bébé... Enceinte de sept mois, Rosalie se résout à entreprendre un voyage en Italie. Là, dans un somptueux *palazzo*, vit Alex Falconeri, comte di Rialto – le père de son enfant, qu'elle n'a encore jamais rencontré. Si elle espère secrètement le convaincre de renoncer à ses droits parentaux, elle ne s'attend pas à l'attrait irrésistible qu'il exerce immédiatement sur elle, ni à la folle proposition qu'il lui fait bientôt de l'épouser...

Un prince au palace, de Clare Connelly - N°4295

Discrétion et efficacité : voilà les qualités qu'on attend de Daisy, concierge dans un palace. Seulement, le jour où la délégation du royaume d'Haleth s'installe à l'hôtel, tout se complique. Comment pourrait-elle rester professionnelle quand un simple regard du cheikh Sariq suffit à l'embraser tout entière ? Face à lui, elle ne se reconnaît plus ! Hélas, après avoir perdu la raison entre les bras de l'illustre prince, voilà Daisy bientôt contrainte de faire face aux conséquences d'une grossesse inattendue...

Le fruit d'une noce, d'Ellie Darkins - N°4296

Un mariage, la rencontre de deux inconnus... L'histoire d'Elspeth et de Fraser aurait dû prendre fin sitôt la noce de leurs amis achevée. Mais d'un baiser langoureux à une nuit passionnée il n'y a qu'un pas de danse que tous deux franchissent avec plaisir – sans savoir que cette parenthèse éphémère va les lier à jamais... Quand elle se découvre enceinte, Elspeth n'a en effet d'autre choix que de renouer avec Fraser, même s'il ne lui a jamais rien promis d'autre qu'une liaison sans lendemain.

L'enfant d'une vendetta,
de Jackie Ashenden - N°4297

SÉRIE : *HÉRITIERS ITALIENS* - 2/2

La haine est le reflet de la passion. Alors que Stella s'apprête à venger sa famille du tort que les Cardinali lui ont causé, elle tombe dans les bras de Dante, son ennemi juré. Durant une nuit où rage et désir se mêlent, elle oublie la vendetta pour sombrer dans le plaisir. Une faiblesse qu'elle a toutes les peines du monde à se pardonner, une fois revenue à la raison. Seulement, il est trop tard pour regretter, car désormais Stella porte l'héritier de celui qu'elle n'aurait jamais dû cesser de détester...

La reine d'Assara, d'Annie West - N°4298

SÉRIE : *FRÈRES DU DÉSERT* - 2/2

Le prince Karim a besoin d'une épouse pour monter sur le trône d'Assara. Intelligente et captivante, la reine Safiyah sera pour lui l'épouse parfaite, s'ils parviennent toutefois à oublier leurs fiançailles rompues, quelques années plus tôt. Pour cela, Karim est résolu à ne pas s'encombrer de sentiments superflus. Leur mariage sera de pure convenance, et uniquement contracté dans l'intérêt de la nation. Quant à la passion qui brûle encore entre Safiyah et lui, il fera tout pour l'ignorer... si cela est possible !

Conquise par Sebastian Cattaneo, de Sophie Pembroke - N°4299

SÉRIE : *LE NOËL DES CATTANEO* - 3/3

Invitée à la station de Mont-Cœur pour célébrer la nouvelle année, Maria est émue d'y retrouver Sebastian Cattaneo, le père de son fils, dont elle est séparée depuis un an. Avant que le divorce sonne le glas de leur histoire, ils souhaitent en effet offrir à leur enfant de belles vacances en famille. Seulement, à force de côtoyer l'homme qu'elle a tant aimé sans qu'il partage jamais ses sentiments, Maria est gagnée par le doute. Pourquoi Sebastian, qui autrefois consacrait tout son temps à travailler, semble-t-il aujourd'hui déterminé à redonner une chance à leur mariage en la séduisant à nouveau ?

Une délicieuse revanche, de Lynne Graham - N°4300

Lisa Denton ! Sebasten Contaxis est stupéfait lorsqu'il apprend le nom de la sublime inconnue avec laquelle il vient de passer une nuit époustouflante. Quelles chances y avait-il que ce soit précisément l'odieuse manipulatrice dont il a juré de venger son jeune frère ? Elle semblait si douce, si fragile... Et pourtant le doute n'est pas permis, c'est elle. Sebasten est furieux de s'être laissé piéger par ses grands yeux innocents, mais qu'à cela ne tienne : même si Lisa Denton est une créature terriblement dangereuse, elle n'est pas de taille à se mesurer à lui... et il se fera un plaisir de le lui prouver.

Composé et édité par HarperCollins France.

Achevé d'imprimer en novembre 2020.

CPi
BLACK PRINT

Barcelone

Dépôt légal : décembre 2020.

MIXTE
Papier issu de sources responsables
FSC® C108412

Pour limiter l'empreinte environnementale de ses livres, HarperCollins France s'engage à n'utiliser que du papier fabriqué à partir de bois provenant de forêts gérées durablement et de manière responsable.

Imprimé en Espagne.

OFFRE DÉCOUVERTE !

Vous souhaitez découvrir nos collections ? Recevez **votre 1er colis gratuit*** **avec 2 cadeaux surprises !** Une fois votre colis de bienvenue reçu, si vous souhaitez continuer à recevoir nos livres, cela se fera automatiquement. Vous recevrez alors vos livres inédits** en avant-première.

Vous n'avez aucune obligation d'achat et cette offre est sans engagement de durée !

*1 livre offert + 2 cadeaux / 2 livres offerts pour la collection Azur + 2 cadeaux. La collection Harmony démarre avec un premier colis payant à 20,16€ (frais d'envoi inclus). **Les livres Ispahan, Sagas, Gentlemen et Hors-Série sont des réédités.

COCHEZ la collection choisie et renvoyez cette page au
Service Lectrices Harlequin – CS 20008 – 59718 Lille Cedex 9 – France

Collections	Références	Prix colis*
❑ **AZUR**	Z1ZFA6	6 livres par mois 29,39€
❑ **BLANCHE**	B1ZFA3	3 livres par mois 24,15€
❑ **LES HISTORIQUES**	H1ZFA2	2 livres par mois 16,89€
❑ **ISPAHAN**	Y1ZFA3	3 livres tous les 2 mois 23,85€
❑ **PASSIONS**	R1ZFA3	3 livres par mois 25,59€
❑ **SAGAS**	N1ZFA3	3 livres tous les 2 mois 28,26€
❑ **BLACK ROSE**	I1ZFA3	3 livres par mois 25,59€
❑ **VICTORIA**	V1ZFA3	3 livres tous les 2 mois 26,19€
❑ **GENTLEMEN**	G1ZFA2	2 livres tous les 2 mois 17,35€
❑ **HARMONY**	O1ZFA3	3 livres tous les mois 20,16€
❑ **ALIÉNOR**	A1ZFA2	2 livres tous les 2 mois 17,35€
❑ **HORS-SÉRIE**	C1ZFA2	2 livres tous les 2 mois 17,85€

N° d'abonnée Harlequin (si vous en avez un) ________

Mme ❑ Mlle ❑ Nom : ________

Prénom : ________ Adresse : ________

____

Code Postal : ________ Ville : ________

Pays : ________ Tél. : ________

E-mail : ________

Date de naissance : ________

❑ Oui, je souhaite recevoir par e-mail les offres promotionnelles des éditions Harlequin.
❑ Oui, je souhaite recevoir par e-mail les offres promotionnelles des partenaires des éditions Harlequin.

Date limite : 31 décembre 2021. Vous recevrez votre colis environ 20 jours après réception de ce bon. Offre soumise à acceptation et réservée aux personnes majeures, résidant en France métropolitaine, dans la limite des stocks disponibles. Prix susceptibles de modification en cours d'année. Vous pouvez demander à accéder à vos données personnelles, à les rectifier ou à les effacer. Il vous suffit de nous écrire en nous indiquant vos nom, prénom et adresse à : Service Lectrices Harlequin CS 20008 59718 LILLE Cedex 9. Service Lectrices disponible du lundi au vendredi de 8h à 18h : 01 45 82 47 47.

Harlequin® est une marque déposée du groupe HarperCollins France – 83/85, Bd Vincent Auriol – 75646 Paris cedex 13. SA au capital de 3 120 000€ – R.C. Paris. Siret 31867159100069/APE5811Z.